马雷克·卡明斯基

无所畏惧

如何在一年内到达地球两极

［波］阿加塔·洛特·伊格纳克 著
［波］巴塞洛缪·伊格纳克 绘
熊晨曦 译

中国纺织出版社有限公司

我出发的目的是到达极点,但在这途中,我发现了自己。我认识到,真正的极点就在我的心里。

马雷克·卡明斯基

目 录

02　环游世界

13　准备工作

22　探险的开始

36　在极地一天的节奏

48　远征的伙伴

65　南极

73　孤单但不寂寞

84　尾声

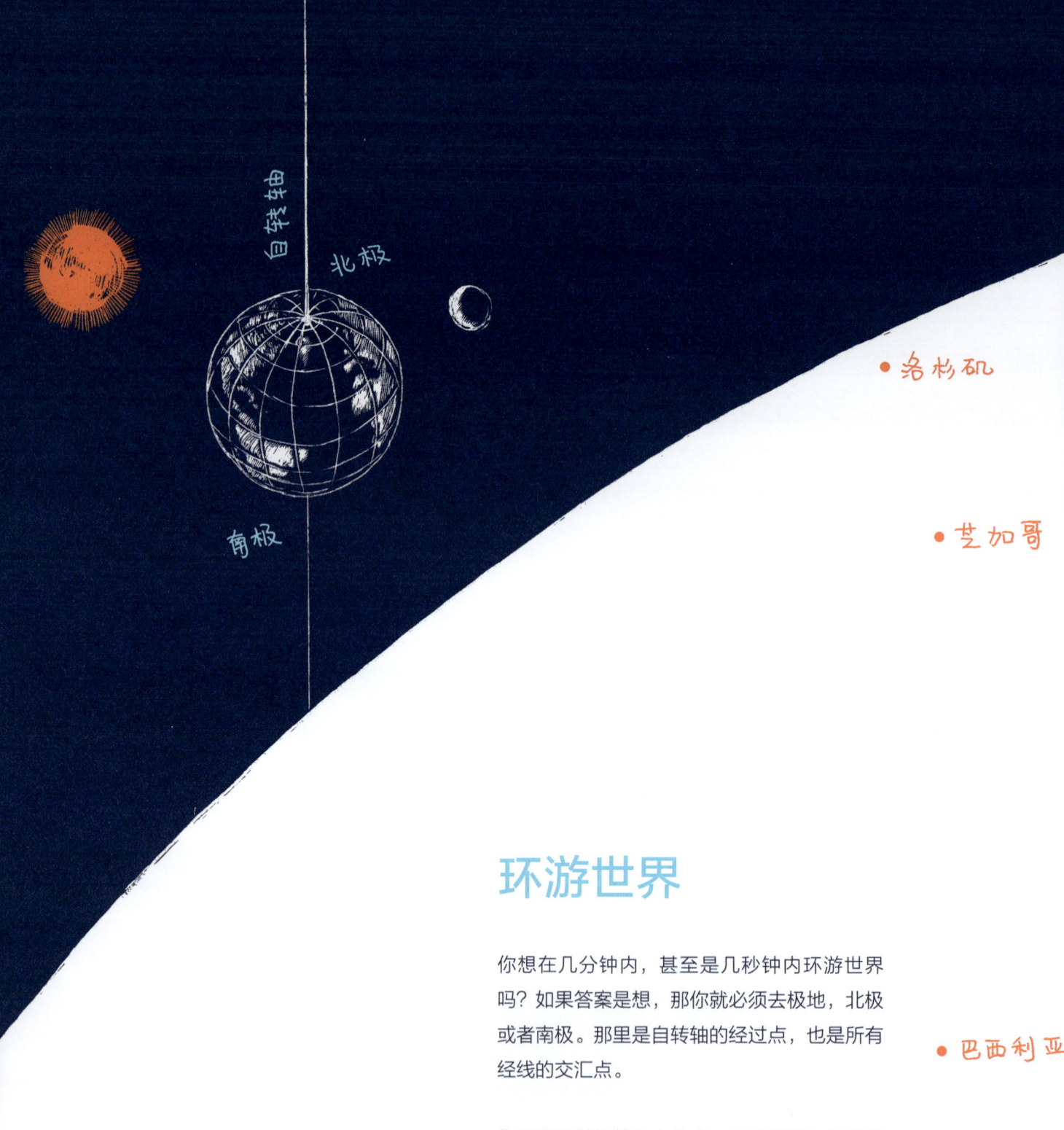

环游世界

你想在几分钟内，甚至是几秒钟内环游世界吗？如果答案是想，那你就必须去极地，北极或者南极。那里是自转轴的经过点，也是所有经线的交汇点。

你所需要做的就是走几步，从法国所在的经线开始，你可以到达穿越俄罗斯、日本、波兰甚至澳大利亚的其中某条线路。极地探险并非易事，但是如果你想到达地球的两端，甚至是地球的端点，并且为之做了充分的准备，那你就一定可以做到。而这就是马雷克·卡明斯基在1995年所完成的壮举！

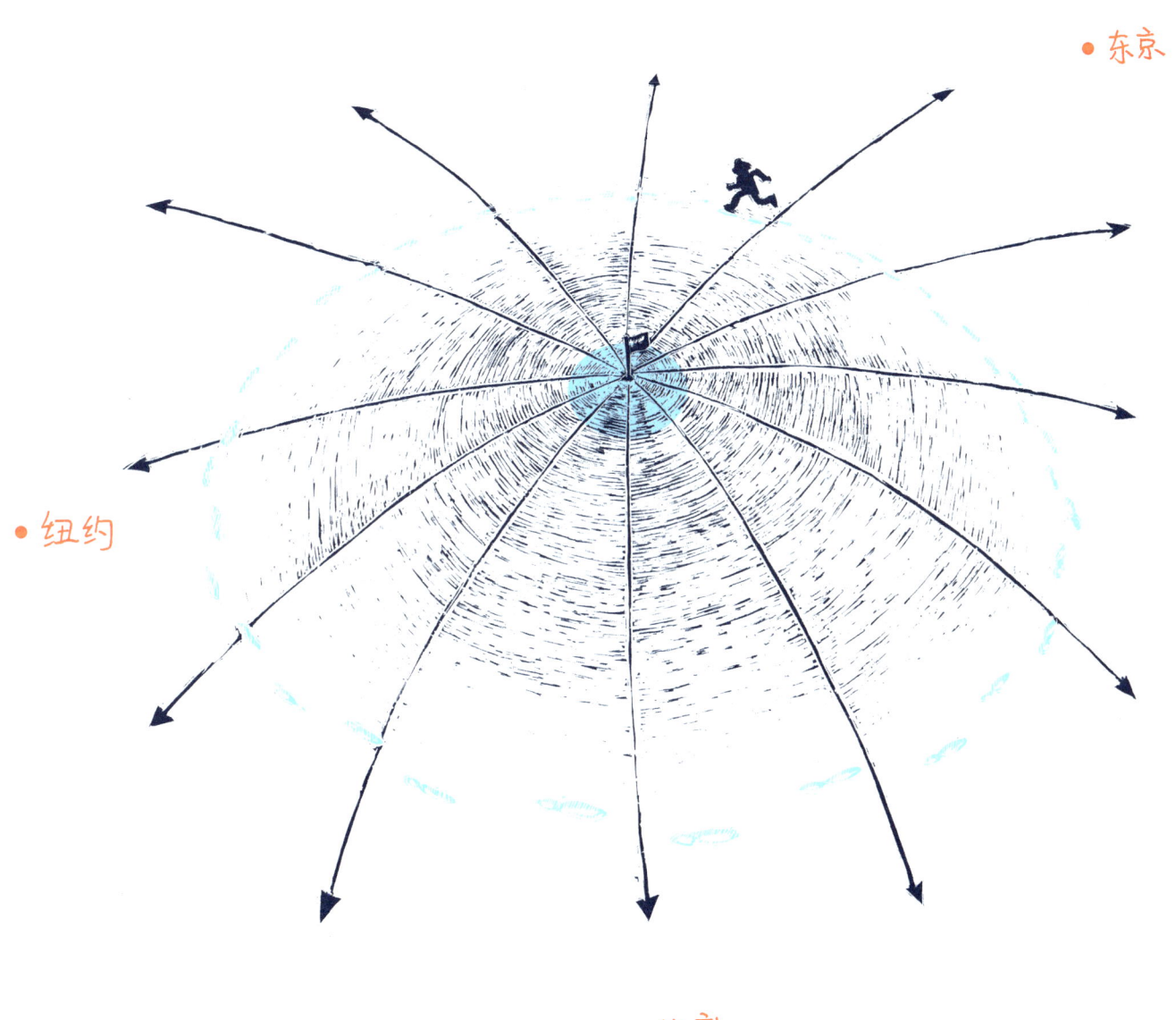

最初的极地探险

多年以来，到达地球两极都是一个可望不可及的梦想，就算成功，也只是极少数的。许多冒险家曾经独自或结伴前往，有的人用滑雪板，有的乘坐狗拉雪橇，有的乘坐飞机，甚至有的乘坐热气球，除此之外，还有船只和潜艇。

我们不清楚，究竟是谁第一个站在了北极极点。弗雷德里克·阿尔伯特·库克认为自己在 1908 年征服了极地，但是却没有文件证实这一点。罗伯特·埃德温·皮里和弗雷德里克·库克于 1909 年到达极地的说辞在 1996 年受到了质疑。

人们认为探险家的计算有误，因为当时探险队在距离极地 32 千米的地方就结束了探险。直到 1926 年，罗尔德·阿蒙森、林肯·埃尔斯沃斯和飞行员翁贝托·诺比尔乘坐意大利飞艇诺奇号取得了无可置疑的成功。他们证实，从高空俯瞰，地球的北极没有陆地，只有海洋。

罗尔德·阿蒙森是第一个到达南极的人。1911 年 12 月 14 日，他在经验丰富的探险家和狗拉雪橇的帮助下，乘滑雪板到达了南极。

距离第一次成功的探险，已经过去了一个多世纪，然而仍有源源不断的探险家想要探索地球的尽头，但他们往往以失败或悲剧告终。

人类历史上首位在一年内到达地球两极的探险家,就是我们的马雷克·卡明斯基。他与沃伊切赫·莫斯卡尔于1995年5月23日站在了地球的最北端。在这之前,没有任何一个波兰人成功到达北极。七个月后——1995年12月26日(波兰时间)马雷克·卡明斯基站在了地球的最南端。

千里之行始于足下

马雷克从小就梦想着能够了解这个世界，认识生活在其他国家的人们。但是如果不旅行，他又怎么能认识他们呢？在他小时候，互联网尚未产生，他也很少出国旅行。

某一天，小马雷克灵机一动——他给不同国家的大使馆打电话，请求他们提供儿童杂志编辑部的地址。然后他写信给世界各地的编辑，请求他们刊登一则广告："一位来自波兰的男孩希望能认识更多同龄人。"

一段时间后，小马雷克开始收到世界各地小朋友的来信——意大利、法国、希腊、德国甚至巴西。他和其中一些小朋友保持了许多年的通信。

在假期的夜晚，青年马雷克喜欢阅读著名旅行家的探险故事，而白天就去采摘覆盆子，但他并非为了满足自己的口腹之欲。马雷克把摘来的果子卖掉，以此赚钱来实现自己的梦想——买一张去丹麦的船票。为了完成这个梦想，他不得不采摘数百千克的覆盆子，擦洗几十扇窗户，还得说服父母，使他们相信他能应付海上的生活。虽然这并不容易，但马雷克并没有放弃。1979 年夏天，他终于登上了前往丹麦的船只，那时他年仅 15 岁。

事实证明，马雷克的第一次冒险是值得的——一切都那么有趣，一切都那么新鲜。他独自赚钱在海上航行，一边工作，一边细心观察着身边的一切，还认识了很多新朋友。

旅行深深吸引着马雷克。在到丹麦之后，他没有停下脚步，而是坐船去了非洲，搭便车穿越欧洲，甚至去了中美洲和墨西哥。只要有机会，他就一直在路上。

结伴而行还是单独出发？

成年后的马雷克·卡明斯基依然坚持着他的梦想，他渴望探索这个世界。他对冰雪世界的冒险始于1990年的斯匹次卑尔根岛，这也是他认识沃伊切赫·莫斯卡尔的地方，二人一拍即合。沃伊切赫拥有十分丰富的在极地生存的经验。他们决定一起穿越格陵兰岛，三年后，他们实现了这个目标。

穿越冰原时,探险家们制订了新的计划,他们一直以来都梦想着去北极。现在只需要做决定——结伴而行还是单独出发?他们都十分了解、喜爱和信任彼此,并且两人都是经验丰富的旅行者,在一起度过的时光也十分愉快,无论是交谈还是沉默。所以,最终他们决定一起去征服北极。

探险的费用

当你启程去极地,必须忘记所谓的"随心所欲"的旅行。极地探险不仅仅是要穿越地球最寒冷的地方,它还是一个大工程:从梦想开始,然后需要付出艰辛的准备和持续的努力。

1995 年,波兰对北极的考察费用和在华沙买一套大房子或别墅需要的钱一样多——86600 美元(210000 兹罗提)。但无论是马雷克·卡明斯基还是沃伊切赫·莫斯卡尔都没有这么多的储蓄。他们需要钱去购买专业的设备、服装和食物。除此之外,他们还必须支付机票费用,以及把设备运送到考察起点的费用。

他们花费了很多精力去筹集资金,两人必须说服投资者信任他们,让投资者相信他们会成功,所投资的金钱和设备不会竹篮打水一场空。

"如果您向我们提供必要的食物供应,我们会将贵公司的标志和信息置于我们的探险报告中。"马雷克和沃伊切赫承诺。

他们循循善诱:"每隔几天,我们就会和读者们分享我们的探险故事。"

"如果拥有可靠的雪橇,我们就能顺利到达北极。这将是对贵公司产品最好的宣传。"他们成功说服了公司的老板们。

最后,英国航空公司资助了二人北上的航班,设备和食品制造商为他们提供了必要的设备和物资。他们大约用了两年的时间寻找到这些赞助。

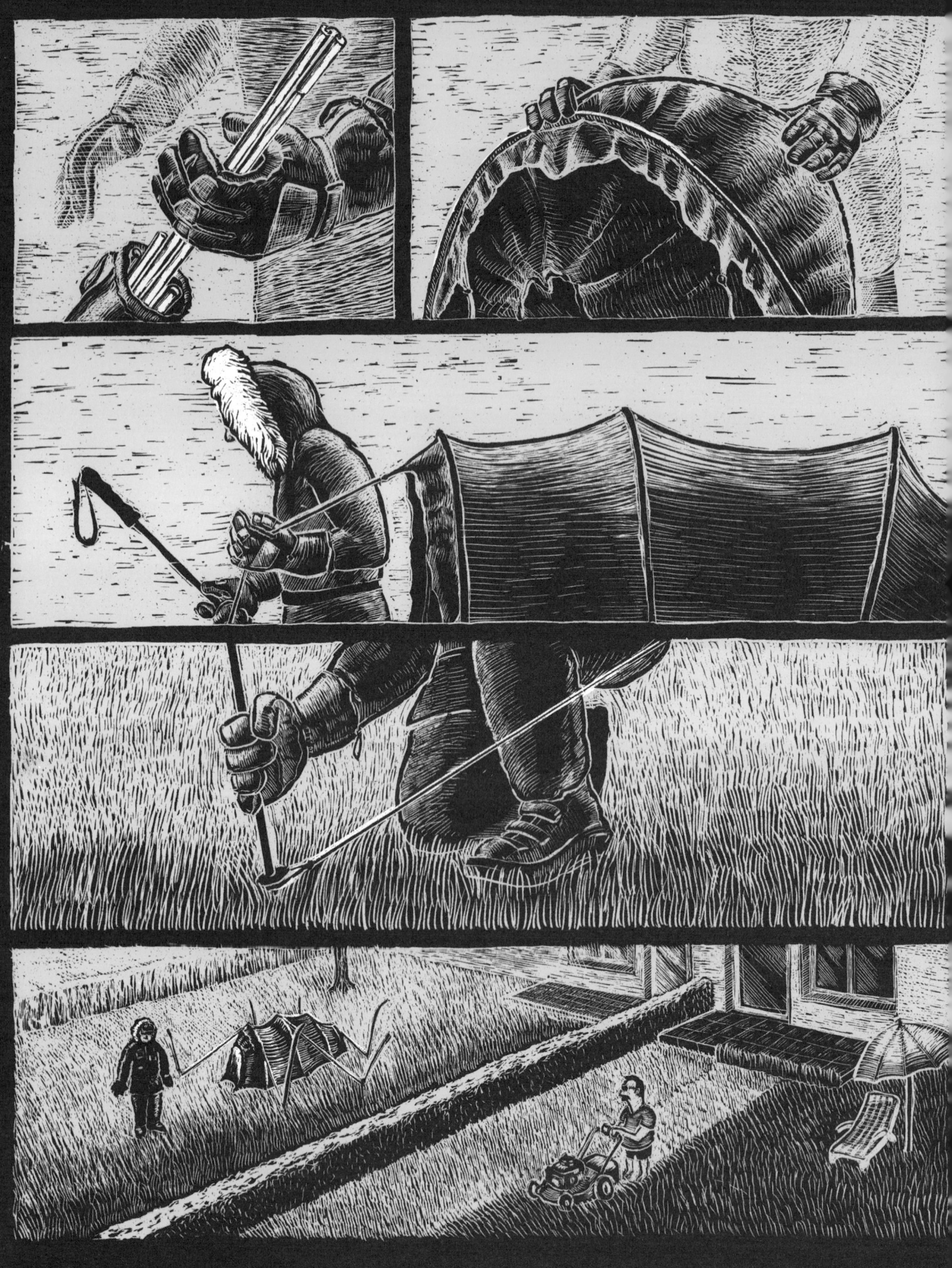

如何规划行程？

许多去过极地的旅行者都写过回忆录或是探险报告。所记载的故事结局不一定都是成功的，但是它们丰富了图书馆的书架，是知识和经验的宝库，能够让后来的旅行者做好更充分的准备。因此，在出发前往北极之前，马雷克和沃伊切赫阅读了海量的书籍、文章、采访和探险家的回忆录。他们还与科学家、极地探险家和探险爱好者交流。他们认真倾听、浏览地图、绘制路线，做好了详细的规划。

准备工作

请想象一下你前往极地的生活。一天过去了，你还在搭建营地，你试图搭起帐篷，一切都那么缓慢——戴着厚厚手套的被冻僵的手指无法抓紧任何东西。层层叠叠的衣服和防水布也限制了你的行动。平时简简单单的活动在这时会变得十分艰难，你会感觉越来越冷。

马雷克·卡明斯基坐在家中的扶手椅上，思考着他在探险时可能遇到的每一个困难。他试图想出解决方案，最好是对同一个问题有三种不同的解决办法，他尽可能地去消除未知因素。每一种紧急情况都应当被充分考虑到，所有设备都必须经过测试，这样可以尽可能地缩小误差。这位旅行者清楚地知道在寒冷和极端条件下，他没有时间学习如何使用这些设备。

马雷克不理会邻居的嘲笑，他戴着大大的手套，穿着工作服，在花园里搭好帐篷并在里面过了一夜。他用便携式炉子准备饭菜，并且在室外就餐，尽管他有一个相当方便舒适的厨房。

13

带着轮胎在树林里跑有意义吗？

等待着探险家们的是在极端条件下漫长又艰难的跋涉，他们得随身背着携带的所有东西。所以身体绝不能倒下，必须健康强壮。

马雷克·卡明斯基坚持跑步、游泳并且去健身房，严格地训练自己。除此之外，他把轮胎绑在身上，背上背包，进行锻炼，他每天都在攀登、爬山。他不断延长距离，再一座山，再一千米，再一个弯道……三联市的丘陵地区非常适合进行这种训练。两位探险家在出发前一年就开始训练。奔跑的探险家和在他们身后转动的轮胎成了格丁尼亚的日常风景。

谁会穿着外套洗澡？

穿着羽绒服、滑雪裤、滑雪鞋，带着滑雪板在游泳池里游泳是不是很奇怪？可能是的，但是马雷克·卡明斯基并不在乎围观者的奇怪笑容。

比起这些嘲笑，他更不喜欢意外，而且他意识到，他将要在开裂的冰面上行走数周之久。因此，他穿着极地服练习漂流、游泳和逃生。他想知道，如果他突然掉进海里应该如何自救。

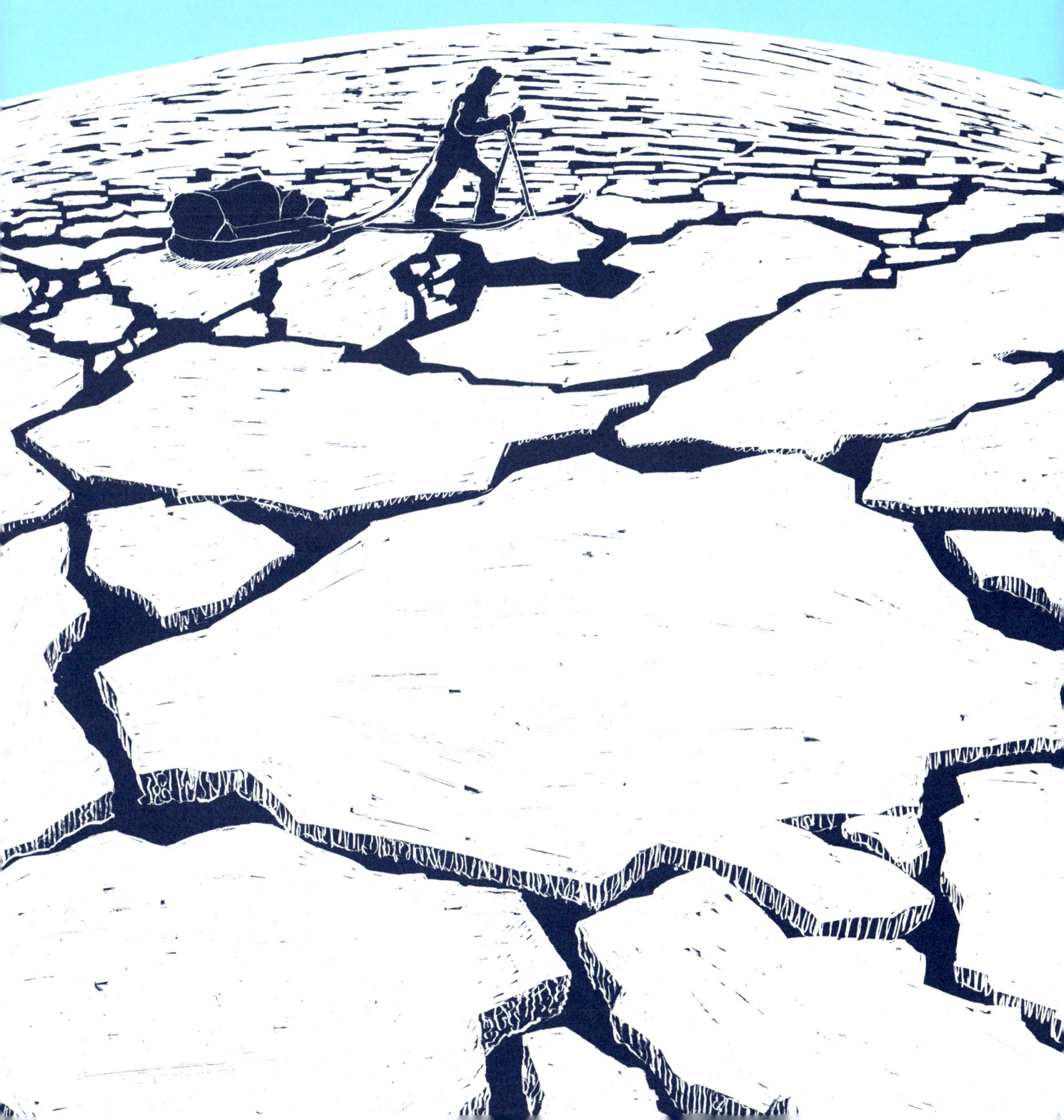

雪橇，尺寸 210 厘米 × 61 厘米，重约 7 千克，由合成纤维和树脂制成，可携带 200 千克的行李。

 浣熊兜帽

 羽绒服　 防风衣

 羽绒裤　 尼龙裤

设备

带什么？不带什么？带多少食物？什么衣服最防寒？

每一千克，甚至每一克都是对身体的负担。一件不必要的行李都有可能决定最后能否抵达极地，能否有足够的时间和力量。马雷克与沃伊切赫必须携带：耐用且通过检测的设备，日常生活必需品、导航、通信工具，衣服、食物，以及应对突发和紧急状况的工具。

 护耳帽

 厚重的和薄一些的巴拉克拉瓦盔式帽

 护目镜 　 眼镜 　 望远镜 　 照相机

 口罩

 内衣　笔记本 铅笔和钢笔

 五指手套 　 单指手套　 羊毛毡靴 　防水靴 　护腿　厚的和薄的袜子

 便携背包　 子弹　 猎枪　 雪铲

露营的设备帐篷重 1.6 千克,除了外帐,还有一个可以舒服睡觉的内帐。炉子就放在帐篷前厅,这是他们做饭的地方。

容量为 1.5 升的燃料瓶

70 份早餐和晚餐、能量棒、巧克力、袋装茶叶

人造羽绒保暖睡袋

薄睡袋

睡毯

带外壳的燃油炉

5 升的水壶

保温饭桶

火柴

打火机

尿壶

绳索

手表

雷卡无线电

阿尔戈斯发射器

无线电电池

指南针

瑞士军刀

莱特曼多功能工具

 牙刷   厕纸

普通保温杯和大号保温杯

热水瓶

勺子和芬兰小刀

水瓶

滑雪板的底部有一层固定的海豹皮毛,可以防止滑雪板在斜坡上打滑。滑雪板还配备了特里马滑雪装备,在这种情况下,可以借助滑雪杖非常舒适地行走或者滑动。

药箱,其中有:药品、维生素、药膏和创可贴

 体温计

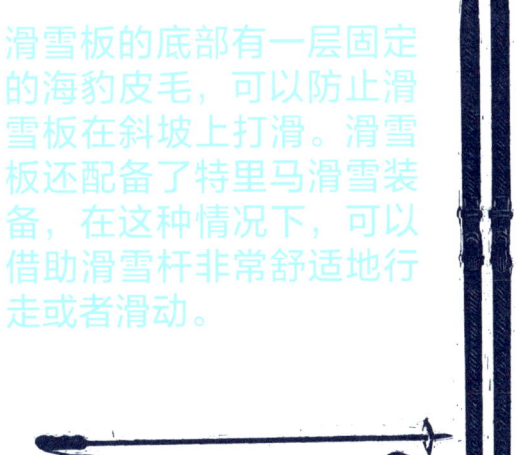

北极

北极点在北极地区，这里十分寒冷，时常有风，能见度低，如果想要到达这里，就必须在北冰洋的冰冻水域上跋涉近千公里。这绝不是一条舒适平坦的道路。它像有生命的物体——不断变化的冰块——在温度和风的影响下，每天都在改变。这条路充满陷阱，障碍重重——迷宫般的裂缝、冰山、冰丘，还常有一些不起眼的山峰，马雷克必须拉着沉重的雪橇去越过它们。每天艰辛跋涉后的奖励是在一个布料房子——帐篷里冰冷的睡袋中过夜。

探险的开始

到北极的方法有很多种,探险队可以从美国的阿拉斯加、加拿大、格陵兰岛(丹麦属地)或者俄罗斯出发,出发地点距北极的直线距离至少有 770 千米。马雷克和沃伊切赫选择了最难的路线——他们决定从加拿大北部的埃尔斯米尔岛附近的沃德亨特岛出发。这里到北极的直线距离是 880 千米。我们的两名探险家想独自到达极地,也就是说,他们不能依靠任何人的帮助,无论是运送物资还是拉动雪橇(狗或者电动马达),他们只能依靠自己。

在所有准备工作和路线选择事宜完成之后,只剩下安排设备和人员的运输。

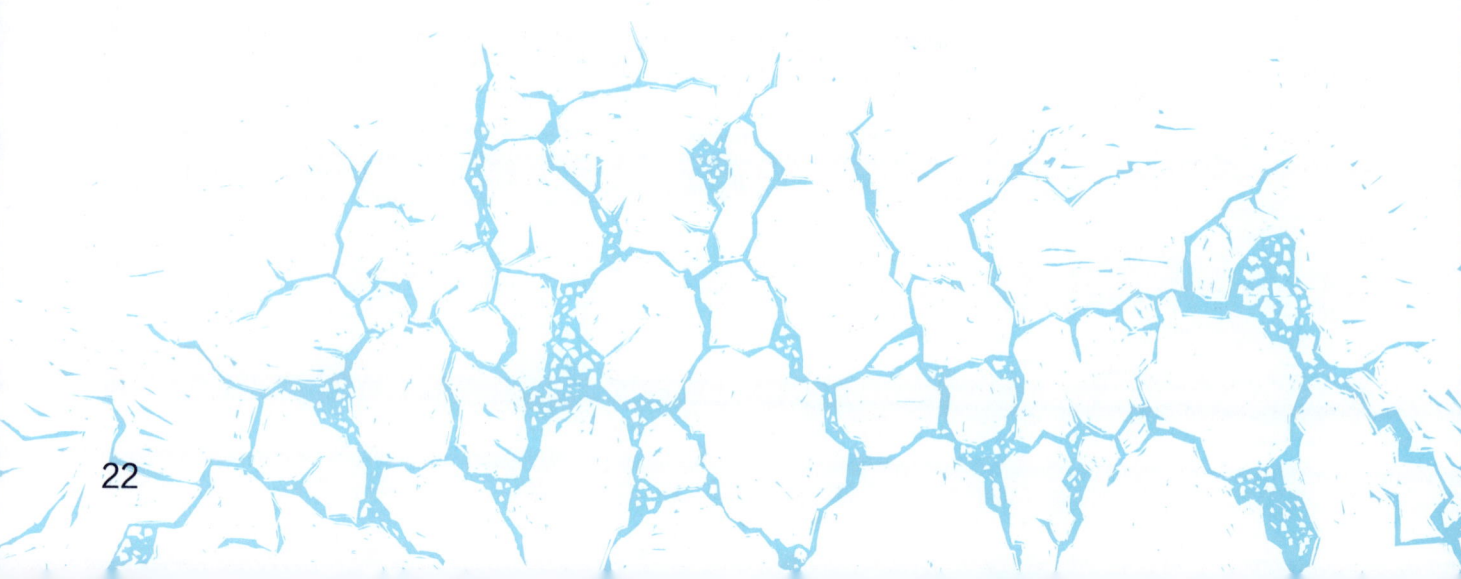

半支牙刷

马雷克和沃伊切赫从波兰出发，经过转机抵达加拿大的雷索卢特。

布拉德利在那儿等着他们，他是一位极地居民，负责协助二人进行北极探险活动。探险家们没有浪费时间，他们在一个巨大的仓库摆放好要携带的物品，一次又一次地检查设备，并且进行分类，他们丢掉了一切不必要的东西。

包裹和箱子，这些东西在波兰看起来似乎很有必要，但是在北极像奢侈品一样可有可无。还有什么不需要的呢？马雷克锯断了一支牙刷——毕竟，刷牙不需要手柄，每一克他都十分计较。

探险家们在距离雷索卢特几公里的地方搭建了一个宿营地，他们支起帐篷，拿出设备，收拾行李，折叠帐篷——就像在格丁尼亚的花园里练习过的那样，他们已经练习过数百次宿营的准备工作，直至他们最后能够完美完成。

1995年3月12日，布拉德利的小飞机从雷索卢特起飞，向最北的沃德亨特岛飞去。此后的路途上便只有海洋和冰川。

在短暂的告别之后，飞机起飞了，探险家们朝着大海出发。

此刻温度计显示为零下54度。

喧嚣的气氛沉寂下来，混乱的准备工作结束了，激动的心情也逐渐平复。马雷克和沃伊切赫默默地前进，脑海里只剩下了极地。

北极环流

第一个困难在启程时就出现了。极地探险家们前进着,但是总感觉有一股神秘的力量在不断地推动他们回到原点。这是洋流在捉弄他们。他们觉得自己好像乘坐了错误的自动扶梯。你知道这种感觉吗?你有点着急,但是却疏忽大意地搞错了方向——你朝上走,但是扶梯却是向下的,你被迫停滞不前。探险家们徒步前往北极时也有这样的感受。

在宿营的时候情况就更糟糕了。请你想象一下,你在康瓦里瓦大街1号的房子里睡觉,一觉醒来,房子却挪到了郁金香大街8号。很奇怪,对吧?但是对于马雷克和沃伊切赫来说,这却是常有的事——他们总是会在与入睡前完全不同的地方醒来。

在休息一夜后,他们确认自己的位置,却发现营地已随着冰层向南移动。探险家们不得不重走许多公里。他们将这称为繁重的"休息税"。地球的旋转、极地洋流和风使北冰洋的冰盖移动,这就导致探险家们走了许多计划之外的路程,并且北极的景观每天都在被重塑着。

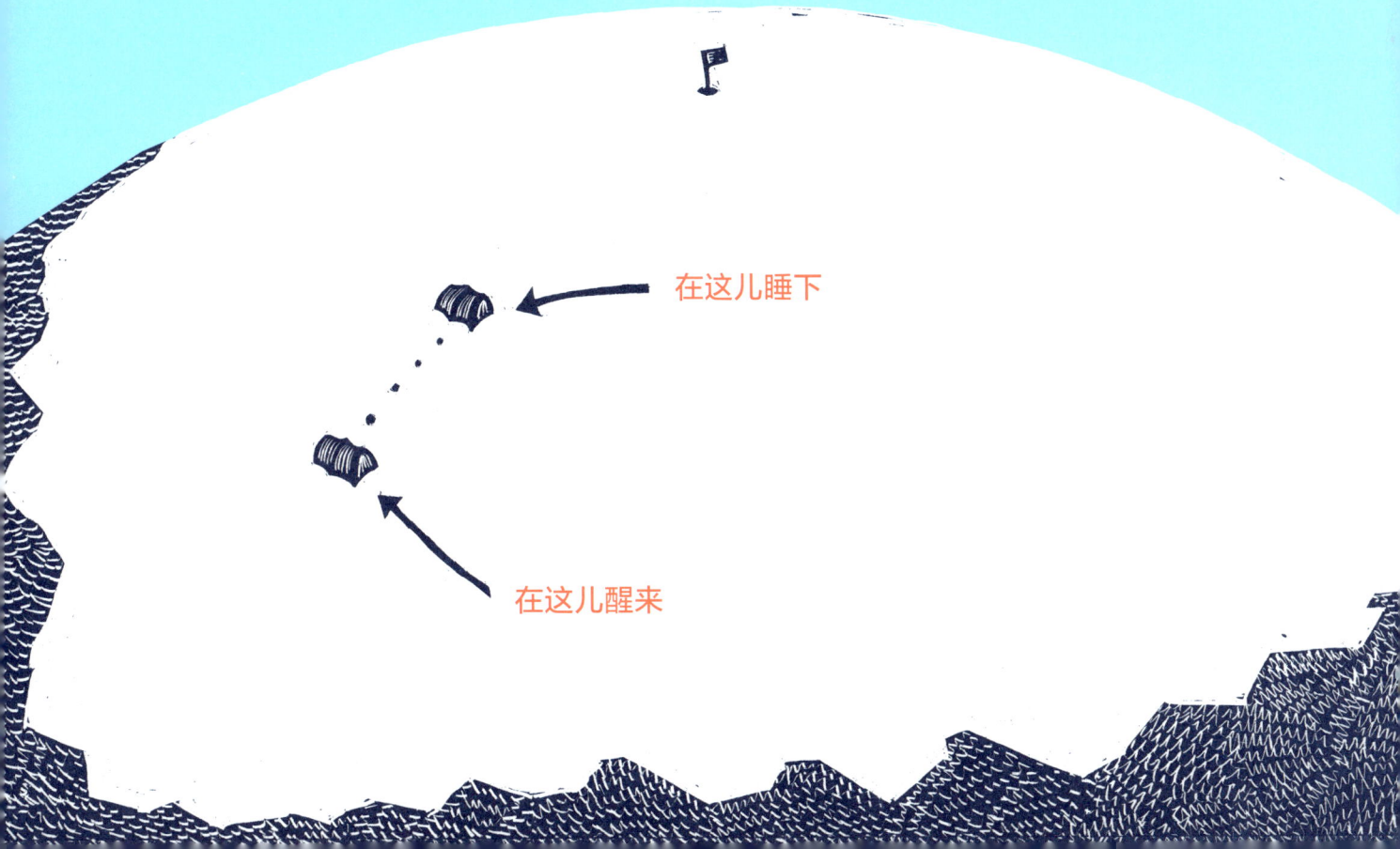

冰缝

砰！轰隆！噼里啪啦！在北极听到这种令人惊恐的声音，就意味着冰层裂开了。开裂的冰层往往会因为水的流动而分开，这就形成了冰缝。

当一条裂缝横亘在探险家面前时，他们必须找到继续前进的方法。有时他们会沿着冰缝边缘走很久很久，以找到一个足够狭窄的可以通过的地方。

1.
有一次，马雷克和沃伊切赫沿着一条裂缝走了很长一段路后，终于找到了一个狭窄的地方。沃伊切赫先跳过冰缝，使劲地拽着雪橇，马雷克也在后面推着，但他们失败了。

2.
雪橇被卡住了——对面的堤岸太高。在水面以上，只有一个备用的滑雪板将雪橇固定在上面。

3.
马雷克跳过了裂缝。现在他们必须把雪橇拉上来。

4.
他们固定好冰镐，沃伊切赫把冰镐上的绳子系在髋部，然后缓缓滑下冰缝。

5.
沃伊切赫解开挡在雪橇上的滑雪板，然后……他不小心跌倒了。幸运的是这条安全绳发挥了作用！沃伊切赫倒挂着，看上去甚至有一些滑稽。马雷克连忙帮助他的朋友摆脱困境。

6.
沃伊切赫又一次滑下冰缝，卸下雪橇上的货物，然后爬了上来。这一次，他们成功地把轻多了的雪橇推到岸上。最终扎营时已经晚上了，而扎营的地方几乎是他们前一天过夜的地方……

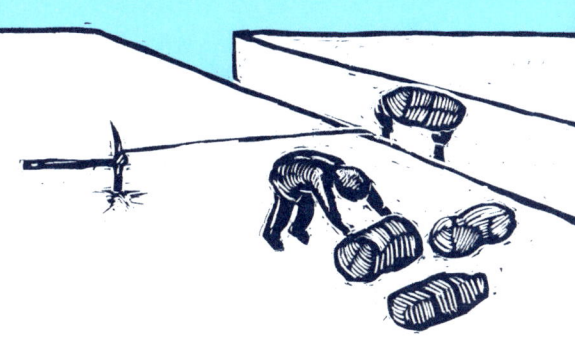

29

如何应对冰缝

1.

如果这条裂缝又长又宽,那么极地探险家们别无选择,只能沿着裂缝边缘行走,寻找浮冰相接的地方。他们可以一跃而过,从一边跳到另一边,然后再努力拉起雪橇。但是正如前文所读到的那样,这并不总是那么顺利……

2.

除此之外就是用雪橇搭桥。雪橇比滑雪板长,所以它们可以在滑雪板太短时充当桥梁。

3.

马雷克和沃伊切赫不止一次幻想自己能拥有这样的技能,可以克服重力在水面移动。当裂缝太宽,无法跳过去,并且永久冻土层之间的缝隙被薄薄的一层冰填满时,极地探险家们选择铤而走险。他们动用身体的每一块肌肉,均匀分配它们的重量,控制每一个部分不会过于用力地压在脆弱的表面上。然后探险家们小心翼翼地、一步一步移动,希望避免悲剧的再次发生。一想到自己所踩之地的下方深达几千米,他们的动作就必须更加轻柔和流畅。

笃，笃，笃，笃，笃，笃，笃，笃。

沃伊切赫和马雷克用滑雪杆敲击了 8 次来检查冰层的厚度和强度。冰层结实吗？他们能在上面安全行走吗？

笃，笃，笃。

沃伊切赫和马雷克再次检查冰面。为什么这一次他们只敲击了 3 次？因为随着探险的进行，他们二人越来越有信心，以及随着他们对冰的感知逐渐敏锐，他们越倾向于冒险。他们只想前进，希望自己运气足够好，并且不计一切代价抵达目的地。极地越来越近了。

31

跳房子

你是否有过从一块石头跳到另一块石头的经历，或者在人行道上行走刻意避免碰到地砖之间的缝隙？这和北极地区的极地探险家们有时不得不做的事情没什么不同。

马雷克与沃伊切赫来到了一个巨大的冰缝旁。

忽然间！一声巨响，一阵刮擦，一阵隆隆声！冰层相互碰撞，一条道路突然出现在他们二人眼前。没有时间思考，他们只管跳、跳、跳，从一块浮冰跳到另一块，就像蚱蜢一样。跃过片状、块状的积雪还有碎冰，他们要做的就是在冰层再次破裂之前离开这里。

冰丘，为什么海洋上的冰层不是平的？

冰丘与冰缝相反，是在风、洋流和海浪的推动下，大型冰层相互挤压而形成的。这是真正的庞然大物的碰撞，碰撞的结果是冰层隆起并破裂。高达十几米的浮冰就是这样形成的，矗立在眼前而又难以接近。穿过它们仿佛是走过地震后的城市废墟。

想象一下，你每天步行十几个小时，拉着120千克的雪橇，爬山或者绕过山峰。日复一日，就这样连续数周。如果你想要到达极地，你必须爬上几百个甚至几千个冰丘，一遍又一遍。这需要强壮的身体和顽强的意志。

有时马雷克和沃伊切赫会从冰丘顶端环视四周，选择最容易的道路。他们并没有急匆匆地开始下一次攀登，而是围绕着冰丘走来走去。

当他们决定爬山时，就会采取各种方式克服障碍。有时他们独自爬山，自己拉自己的雪橇。有时他们一起拖拽行李，用双倍的合力将它们推过冰丘，放置好再返回去拉剩下的行李。就这样日复一日，一座山接着一座山。

探险家们不断改进他们的技术和方法，解决海洋和北极接连抛来的各种困难。他们俩携手合作，共克难关。

35

在极地一天的节奏

每个人每天都有自己的生活节奏。起床,上学,吃饭,回家,玩耍或参加课外活动。有千篇一律的工作,但是也有能够为我们的生活增添一点色彩的活动。探险也是如此,事实证明,保持每一天的节奏是十分重要的。特别是在极地地区,白天和黑夜只能依靠手表的时间区分。在经历了艰辛的跋涉后,是时候为身体补充能量和做适当的休息了。马雷克和沃伊切赫必须吃饭、喝水和休息。建立营地、标记路线和小修小补也是他们极地日常生活的一部分。然而在探险期间,每一天都不普通。尽管每一天都由各种各样的日常活动组成,但是同时也交织着新的奇遇。坚持每天的计划表可以更好地利用时间。马雷克和沃伊切赫努力坚持一起制订的计划表。有休息的时间,也有前进的时间。身体需要规律,大脑也需要思考一个经常在脑海中徘徊的问题——还要走多久才能够休息?随着探险的推进,探险家每隔几周就会延长行进时间,缩短休息时间。达成目标的愿望和迫切的心情帮助他们克服了疲劳。

5:00　　吃早餐和收帐篷
8:30　　前进
10:30　喝杯热饮吃块糖休息一下
11:00　前进
13:00　吃块巧克力休息一下
13:30　前进
15:00　喝杯热饮吃块糖休息一下
15:30　前进
18:00　扎营
20:00　晚餐
20:30　自由时间
21:00　就寝

准备睡觉

在哪里扎营,才能使帐篷下的冰层不至于破裂,而且冰山和丘陵又恰好能抵御极地的寒风呢?大约在下午5点到6点,探险家们开始寻找一个合适的地方来扎营和休息。找到以后,他们就重复这日复一日的、每天要持续两个半小时的扎营工作。他们仿佛一台精密的仪器。

首先他们搭起帐篷,然后在一个避风的地方(靠近冰丘,在山洞或者凹地)用刷子把衣服上的雪刷下来。夹克上的积雪很容易拂下来,但是如果不加以处理任其留在衣服上,雪在帐篷里融化成水后,就很难从衣服上去除了。所以,处理完毕后他们才进入帐篷休息整顿。

如何在帐篷里过夜和做晚餐

1. 扫除帐篷里的雪并铺上睡垫
2. 在帐篷内放置好物品——每一个物品都有自己的位置 
3. 脱下鞋子并抖掉积雪 
4. 点燃炉子并准备好锅 
5. 把雪倒入锅中并将锅置于炉子上 
6. 拉好帐篷，脱下护腿并捂暖双腿 
7. 换上干爽的袜子 
8. 挂好袜子、手套和帽子 
9. 享受温暖的时刻 
10. 切好干肉饼，将冻干食品倒入保温杯 
11. 将热水倒入保温杯，关闭炉子，戴上帽子和手套 
12. 等待 12 分钟直至冻干食品变熟 
13. 享受美味的晚餐 
14. 现在有时间聊天、写作、阅读并睡个好觉了 

39

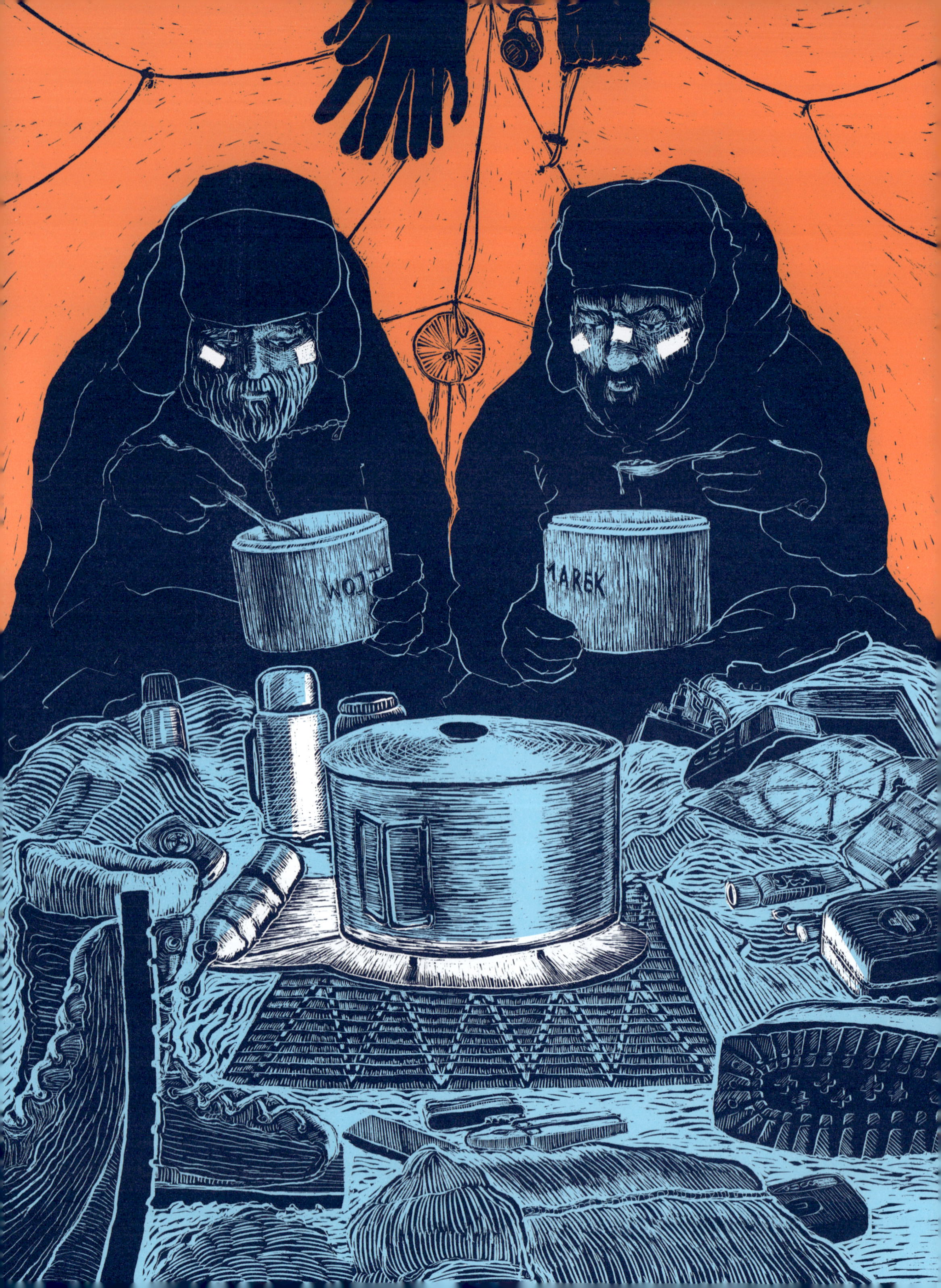
WOJ
MAREK

寂静的夜晚

频繁洗澡有害健康。想出这个谚语的人很可能是一位极地探险家。如果你不喜欢每天洗澡，也许极地探险就很适合你。

帐篷里没有浴室，在冰冷的海里洗澡也肯定会大病一场。所以在探险途中你都不能洗澡，只能刷牙，对此探险家们都很欣慰。

帐篷里的温度比室外要高一些，但是这不足以让人舒舒服服地睡觉，他们不可能脱掉衣服，穿上法兰绒睡衣过夜，而且马雷克和沃伊切赫也没有带上自己的衣柜。不必要的重量只会成为风险。几个星期以来，层层叠叠的极地服成为了探险家们的第二层肌肤。

在北极过夜就好像睡在一个有灯光的冰柜，又寒冷又狭小，不能脱衣服，不能洗澡。探险家的每个夜晚都是如此，他们裹着睡袋睡觉，想要上厕所时就往塑料瓶里尿尿。这甚至令人愉悦，因为这个塑料瓶可以短暂地温暖冰凉的身体。每隔两三个小时，他们就醒来揉揉自己的胳膊、腿和脸，以免冻伤。持续不断的冰块破碎的轰隆声会唤醒他们。

嗨，能听到我们吗？

孤身前往，与世界脱离联系，最后成功到达，这是有可能的。但是如果在探险过程中需要帮助，那么该怎么办？或者要怎么告诉别人，我们已经到达目的地，需要返回基地？探险家们带着收音机，以便他们能够与雷索卢特的基地以及波兰在斯匹次卑尔根岛的驻地联系。获得安全感的代价是花费数小时试图与基地建立连接，想象自己戴着肥大的手套去操作那些小小的旋钮和按钮吧！即使最终建立了连接，也常常是以噼里啪啦的声音结束——信号太弱了，没办法听明白任何单词。

阿尔戈斯系统

联系雷索卢特的第二个方法是阿尔戈斯系统，这是一个简单可靠的卫星通信设备。发射器向卫星发送信息，然后卫星与图卢兹的总部联系，总部再将信息转发给接收方。

这种系统本身类似于第一代计算机和四位计算器。除了总开关以外，有 4 个可以设置为 0 或 1 的键位，可以发送先前已与接收者达成一致的 16 条消息之一。

但是阿尔戈斯系统不能实现自发的愉快的对话——这必须等到探险结束。

在探险开始之前，
代码组合的含义已达成一致。

0000	一切顺利
0001	坏天气
0010	恶劣的冰面
0011	开阔水域
0101	天气非常好
0110	技术或者设备问题——继续出发
0111	没有找到着陆点
1001	发现着陆点——天气很好
1010	请带上电视摄制组
1011	今天祖鲁时间 4 点需要无线电联络
1100	必要的卸货
1101	无线电损坏
1110	紧急——请尽快派遣飞机实施救援

极地饮食

探险中很重要的是，要携带尽可能轻但是热量尽可能高的食物，避免用雪橇拖动不必要的重量。但是探险家们如何计算需要多少早餐、午餐和晚餐呢？

在热水中浸泡的干粮是什么味道？好极了！油泡麦片呢？完美！遵循"如果没有你喜欢的东西，你就喜欢你所拥有的"这一原则，马雷克和沃伊切赫在家里不喜欢的食物，在探险期间他们也能吃得津津有味。

在艰辛的跋涉之后，在极度寒冷的环境下，任何有热量的东西都是美味的！

旅途中，探险家们每天要喝大约5升水。那么在海洋上怎么获得淡水呢？融化一些雪或者冰（还好它们不是咸的），加一些准备的能量饮料就足矣。

麦片——由未加工的谷物和坚果制作而成的健康食品。它含大量卡路里，所以能够提供充足的能量。

巧克力——提供能量，帮助思考，除此之外在休息的时候食用还可以使心情愉悦。

油——油脂可以保护身体不受寒冷侵害，并为身体提供能量。

面条——为身体提供大量碳水化合物，从而补充必需的能量。

干肉饼——脂肪、干肉、蔬菜、调料的混合物。它可以添加到膳食中，也可以单独食用。

冻干食品——脱水食物，非常轻。在加水后可以恢复原来的面貌。

矿物质和维生素——探险家不得不使用补充剂进行补充。

盐——保留体内水分，如果没有盐分，我们的身体会处于脱水状态。

能量饮料——将干粉倒入水中就制成了一杯能量饮料，可以为身体提供矿物质。

你有时候会喜欢吃一些不健康的食品,或者会吃得比身体需要的食物多一点,对吗?探险家们常常因为极地菜单的单调和匮乏而感到痛苦。每天13点,他们会休息一下吃点巧克力,这是一天中能够感觉到幸福的时刻之一。有时在探险途中,他们会幻想回去以后吃什么。沃伊切赫幻想着一管鲜奶油和一桶鸡翅,如果在极地能有这样的一餐是非常了不起的!

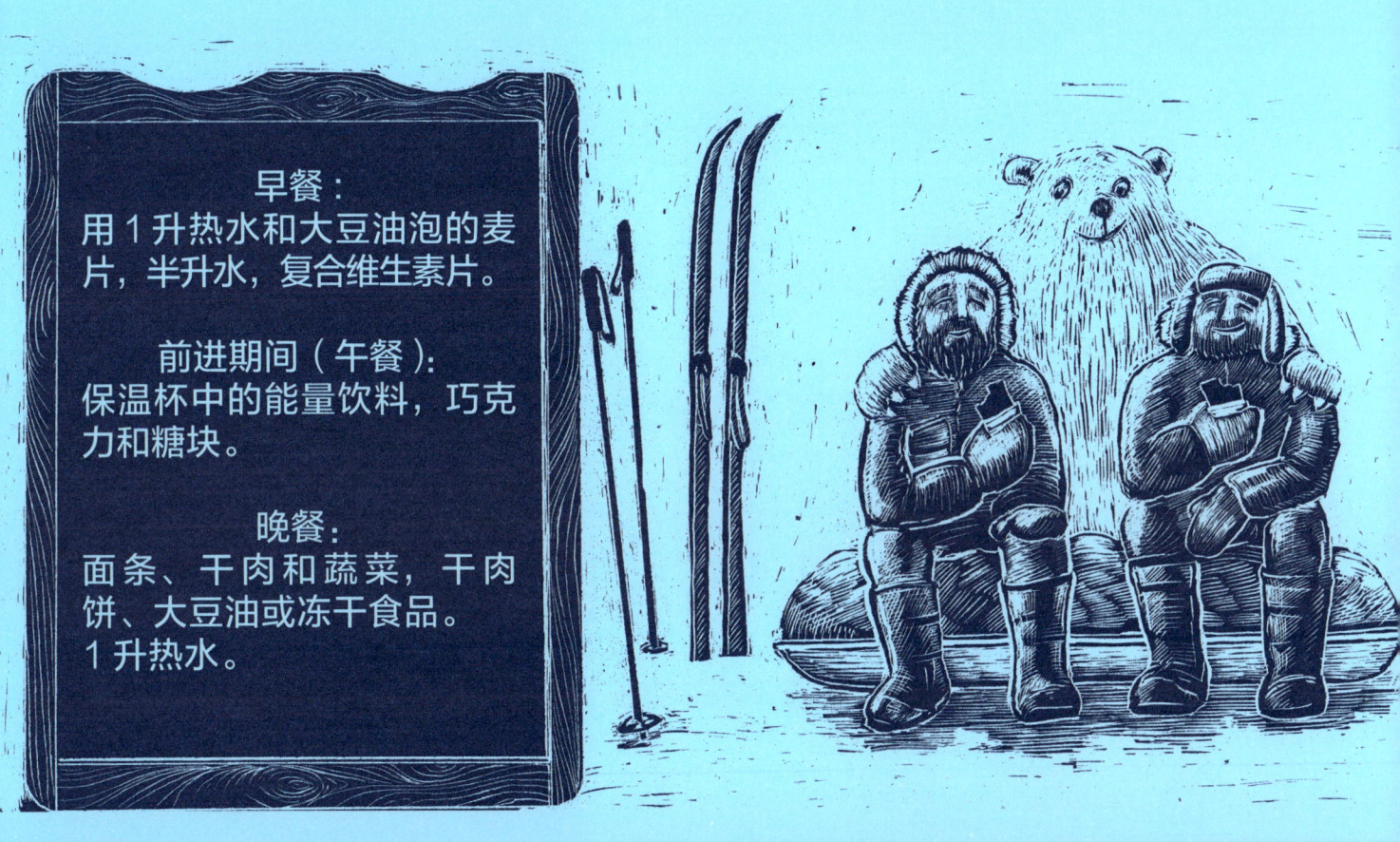

早餐:
用1升热水和大豆油泡的麦片,半升水,复合维生素片。

前进期间(午餐):
保温杯中的能量饮料,巧克力和糖块。

晚餐:
面条、干肉和蔬菜,干肉饼、大豆油或冻干食品。
1升热水。

汽车餐厅

探险家们穿得好像一个洋葱。层层叠叠的衣服是对寒冷及最大的敌人——湿气的最好防护。第一层——保暖内衣。第二层——加绒内衣。第三层——运动衫和羊毛裤。第四层——外套和防水防风的裤子。

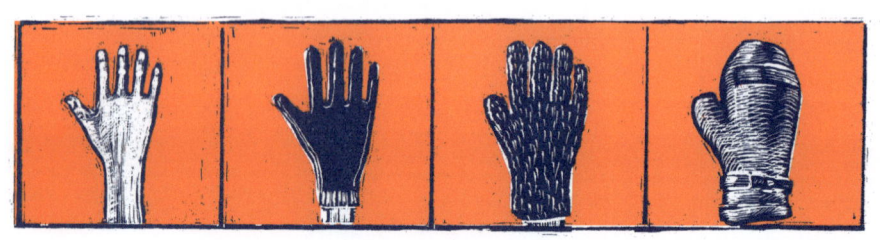

几副手套——从最贴合到最厚的——包裹着双手。

一层一层的用塑料袋隔开的袜子保护着脚。

巴拉克拉瓦盔式帽和更大的帽子包裹着头部，鼻子和脸颊则被氯丁橡胶面罩保护着。

极地探险应该穿什么？

成功的探险就好像一幅完成的拼图。所有碎片都必须组合在一起，不能遗漏任何一个。合适的服装也是重要的一部分。

少即是快

如果你把一本书从书架移到桌子上，那么这本书是半千克还是一千克并没有那么重要。但是在探险期间，正如你所知道的，每一克都重要无比。

在徒步前往北极的第 21 天，马雷克和沃伊切赫整理了他们的衣物。必要的物品放右边，不必要的放左边。两人把不必要的服装挂在冰丘上：手套、帽子、袜子、户外睡袋和外套都在风中飘摇着。也许它们会对其他的极地探险家和北极居民起到帮助作用。

整理完毕之后，马雷克和沃伊切赫感到轻松而愉快，他们继续前进。

远征的伙伴

在旅途中，探险家们见到了形形色色的动物。它们的种类并不多，所以每一次的会面都充满乐趣。

鸟

小鸟一直都在你身边。在城市、乡村、树林，你通常不会注意到它们，它们的歌声或是鸣叫只是在你耳边一闪而过。在白色的"沙漠"中，一只颤颤巍巍的小鸟在欢快地飞行，时而向上，时而飞下。一个来自另外世界的生灵，不知道是怎么飞到离最近的陆地几百公里远的地方。它小心**翼翼**地看了看马雷克，与马雷克合影留念，然后就像它出现时那样迅速地消失了。

海豹

它在冰面上晃晃悠悠，警惕地站在冰缝边缘，随时准备跳入水里，然后消失在冰冷的海洋深渊中。海豹是绝佳的潜水员和游泳者，它可以在水下停留长达 40 分钟——极少有人愿意等待和观察这么久，直至它再次出现。它在探险家眼前一闪而过，然后消失在水中。但是对探险家而言，知道还有其他生物生存在北极的这种感觉还不错。

北极熊

巨大的爪印打断了探险家前进的计划。双管猎枪在哪？

它绑在马雷克的雪橇上，十分冰冷，仿佛一个塞满了雪的羽毛枕头。漫长的15分钟过后，探险家才让猎枪能够正常使用。他们十分紧张，爪印在雪地上闪烁着警告的光芒。冰丘后传来嘈杂的声音：是北极熊，还是冰在噼啪作响？

北极熊可能在任何地方出没，它们肯定很饿，因为在这些地区很难捕食到海豹。它们拥有在薄薄的冰层上移动的完美技巧——像移动的地毯或者垫子。对实力的考验可能会给探险家带来糟糕的结果。对于北极熊而言，北极是它们的自然栖息地——它们会游泳且速度很快，当然，也很饥饿。幸好，探险家选择了另一条路。

# 地震

又过去了一天。帐篷已经搭好，距离极地也近了几千米。愉快和温暖笼罩着探险者，他们谈起未来的计划、各自的家庭还有之前的极地探险经历。

突然马雷克的说话声戛然而止。世界开始摇晃，并且砰砰作响，仿佛冰丘在相互斗争。冰面在摇晃，帐篷在颤动。只有马雷克和沃伊切赫静静地站着，等待着，他们还没见过极地的地震。

过了一会儿，世界安静下来。清晨，他们看见了地震后的北极：只有帐篷所在地方的冰层没有开裂，其余的冰面像是有人用锤子愤怒地敲打过一样。

北极维修站

极地探险家也需要修理或改进他们的一些设备，因为这些设备难以经受长途跋涉的严寒与艰辛。马雷克的滑雪绑带断了，他用银色胶带将它们粘在一起。滑雪板裂开了，他只好用普通铁丝来修理。滑雪杆尖端裂开，雪橇上的油漆脱落，快要生锈了，保温杯的垫圈也漏水了。这样行进在冰面颠簸的路上，炉子的螺丝也松了，探险家就把螺丝粘到了剃须刀上。丢失螺丝钉、做不了饭这样的小事，有时候也可能葬送抵达极地的梦想。甚至连帐篷都会因为这种极端环境的影响而受损。当温暖的蒸气急剧冷却下来时，拉链就再也坚持不下去了……砰地坏掉了！旅行家只好把拉链处绑在一起或者缝在一起。

急需制鞋匠

能不穿鞋去极地吗？肯定不行！探险途中，马雷克的一只鞋子破了，这并非普通的鞋子，而是专门为极地探险家量身定做的鞋子。它本应该经得起恶劣条件下的长途旅行，但是长时间的反复滑雪和低温导致鞋子的外表开裂了。第一层，第二层，然后是整个鞋子……事实再次证明，简单的解决方案就是最好的。马雷克用鞋带和滑雪杆的带子把靴子包裹起来，然后探险家们继续前进。

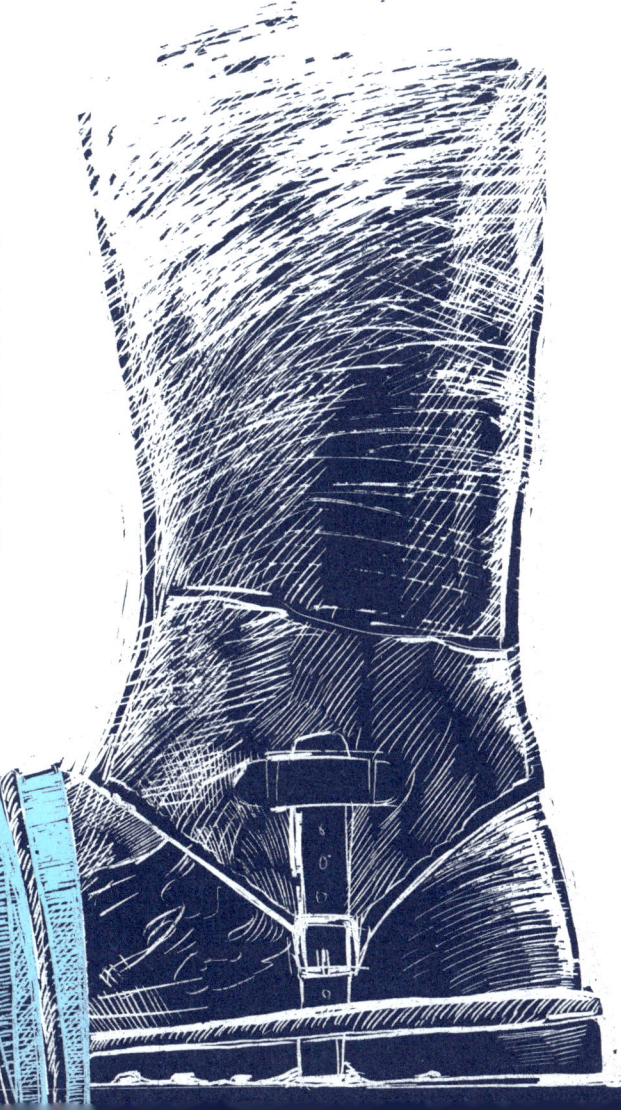

当寒冷来袭

一二一,一二一。手臂划圈,跳一跳。搓一搓脸,动动手指,抖抖双手,把残留的水珠赶走。这样能够使血液流经身体的每个角落,温暖手指、脸颊、鼻子,保护身体免受这长久的寒冷。在北极,寒冷已是司空见惯的事情。有时伴随着旅行者的是零下 40 摄氏度的气温,有时是零下 20 摄氏度,但是寒冷总是透过外套或者帐篷渗透进来,让人无法忽略。

当皮肤发红并且开始疼痛时,这意味着皮肤此刻感到非常寒冷。如果变白,几近全白——这就是已经被冻伤的表现了。面部的冻伤很难避免,极地探险家们只能用膏药来保护那些裸露的、被冻伤的地方。

四肢冻伤极为危险,尤其是手指和脚趾,当手或脚受伤后我们却察觉不到,这说明手或脚快要被冻伤了。

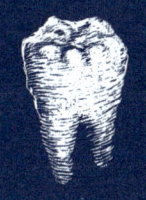

看牙医

当你感到牙疼，肯定急着去看牙医。但是在探险时，沃伊切赫的牙齿疼痛难忍，即便他的同伴是一位牙医，没有特殊的工具也无法帮助他。沃伊切赫只好张大嘴，自己用一把莱特曼多功能工具拔掉了牙齿。到达极地比美丽的笑容更重要。

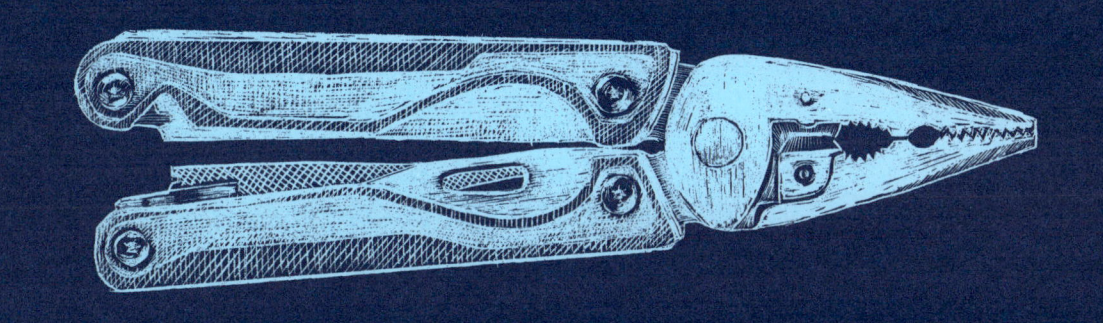

伤口和其他
紧急医疗情况

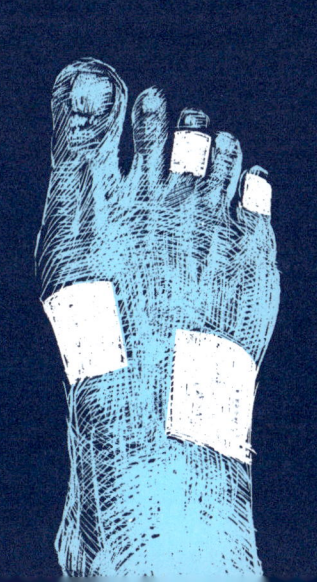

当你的脚被磨破后，你脱下鞋子或者换上另外的鞋，疼痛很快就会过去。可是在去极地的路上这是不可能的——旅行者没有可更换的鞋子，而脱下鞋子脚就会立刻被冻伤。因此他们不得不咬紧牙齿（当然是指还剩下的那些）继续前进，努力忽略疼痛，尽管他们的脚在探险途中被磨得伤痕累累。

往哪个方向走？

经过几十天的探险，马雷克和沃伊切赫感到的只有疲惫，并且担心他们到目前为止的努力是否白费。重要的是不要徘徊，不要迷路，要选择最佳路线，这会增加探险队成功的概率。但是，当我们周围只有水、冰、雪的时候，怎么才能找到路呢？

在前进过程中，极地探险家们仔细观察自然环境，并且使用仪器进行导航。最令人愉快的是晴朗的天气，只要看一眼自己的影子，就能知道自己的方向是否正确。风也给了很多提示，当旅行者们确定了风吹的方向，那么根据雪堆的排列或天空中移动的云朵，就能轻松到达目的地。

然而，也有一些天气不好的时候，没有太阳，没有风，沉浸在茫茫白色中，你无法分辨东南西北。雾有时会让旅行者迷失方向，不知道上面有什么，下面是什么。在这种时候，简单专业的寻路工具就能帮上忙。

确定方向最简单的工具是指南针。马雷克通常把指南针系在腰带上，这样他就不用时不时地停下来，脱下手套，把指南针从口袋里拿出来看看。

但如果雾让他连 50 厘米内的东西都看不清呢？他就必须让指南针更靠近眼睛。所以他用结实的胶带把指南针固定在勺柄上，然后把勺子放在上衣的上口袋，再用胶带绑起来。现在仪器就在眼前了。

晚上在帐篷里，探险家们会用 GPS 检查他们所处的位置，并将其输入地图，为接下来的行程规划路线。

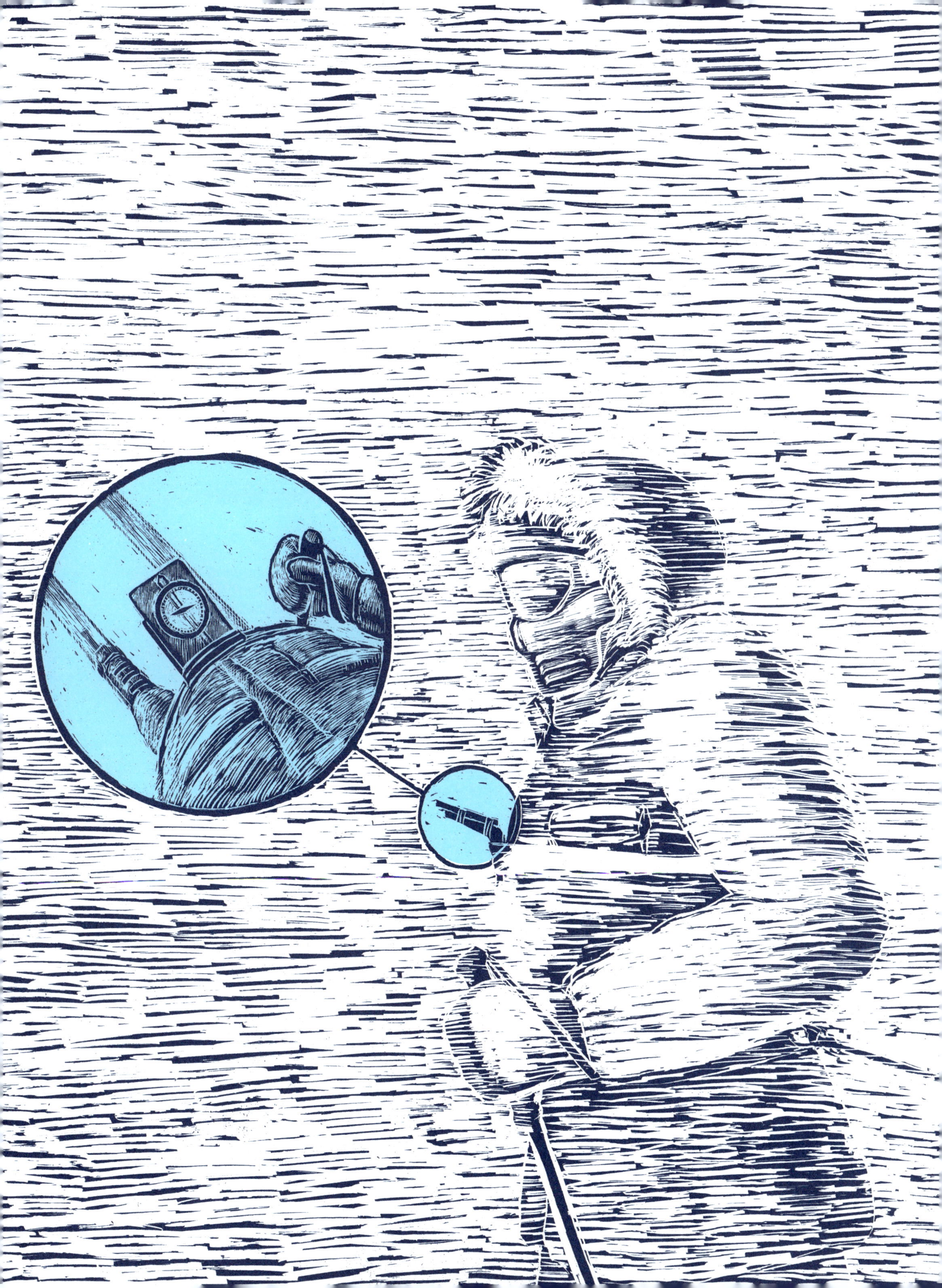

50 千米

距离北极越来越近了，直线距离只有 50 千米。如果一切顺利，一两天内就能抵达目的地。然而此时一片海洋却突然出现在探险家们眼前。马雷克和沃伊切赫停在原地，这会是他们极地梦想的结束吗？直到他们走近海岸，才发现水面上漂浮着一层薄冰。

笃，笃，笃。滑雪杆在第三下刺破了冰面，但是他们决定冒险。两人缓慢地在冰上滑动，将自身重量均匀分布在冰面上，并小心地拉着身后的雪橇。他们很幸运，冰层没有破裂。

在旅程的第 71 天，马雷克用 GPS 检查了航向，将它与指南针读数比较，确定航向为 158 度。为什么他要朝西南方前进而不是直奔最北方？所有这些都是由于磁极和极点有一定的差异。地球的磁极，也就是指南针指向的点，并非地球极点的准确位置。离北极越近，指南针就越不准确。

更糟糕的是，磁极是变动的。1995 年，在加拿大的埃勒夫灵内斯岛附近，如果旅行者跟着指南针走，他们就会原路返回。幸运的是马雷克和沃伊切赫知道地球的这个秘密，并且有合适的设备指引他们去往正确的地点。

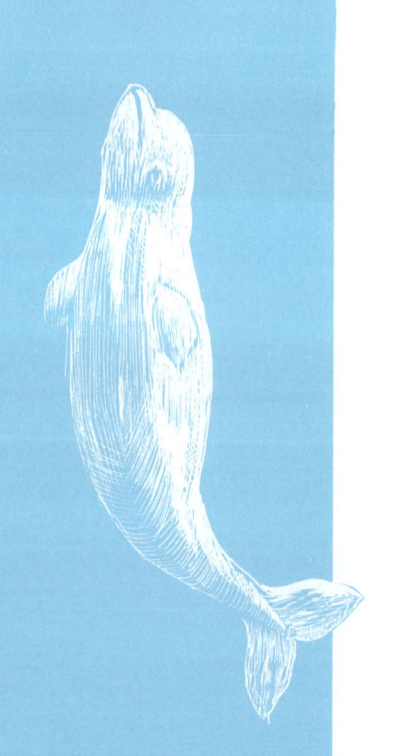

地球磁极以每年约 55 千米的速度向西伯利亚移动。

地球磁极

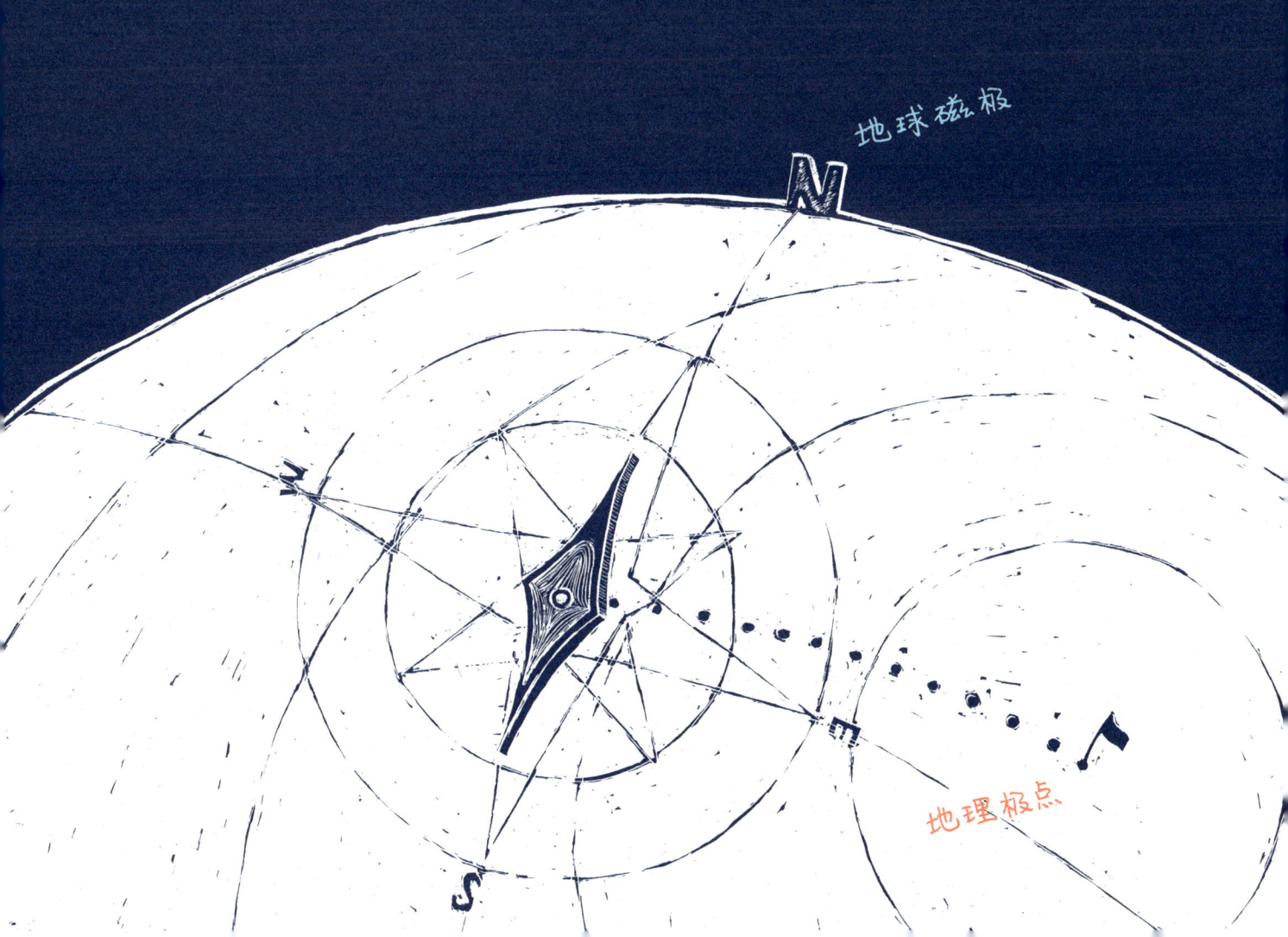

地理极点

近了，更近了

探险家距离他们梦寐以求的目的地已经不远了。虽然不远，但是危险一直伴随着他们的整个旅程。冰丘，冰缝，还有疯狂的导航：每隔一段时间，它就会指向一个不同的方向。

冰越来越软，变成团状和碎粒，摇摇欲坠。最后，它变成了沾满冰粒和雪的水。马雷克每走一步都会越陷越深，而他下面就是大海的深渊。他小心翼翼地抓住裂缝另一边薄如纸的冰，慢慢地把自己的手从滑雪杆上的环里解开，并解开了雪橇。

呼！至少雪橇没有把他拉入深渊。他一步一步地从冰冷的水里走出来，浑身湿透了，但是总算到了裂缝的另一边。他把雪橇拉过来，挂好滑雪杆，继续前进。马雷克没有想过这样可能会导致意外的再次发生。他的脑海里只有北极。

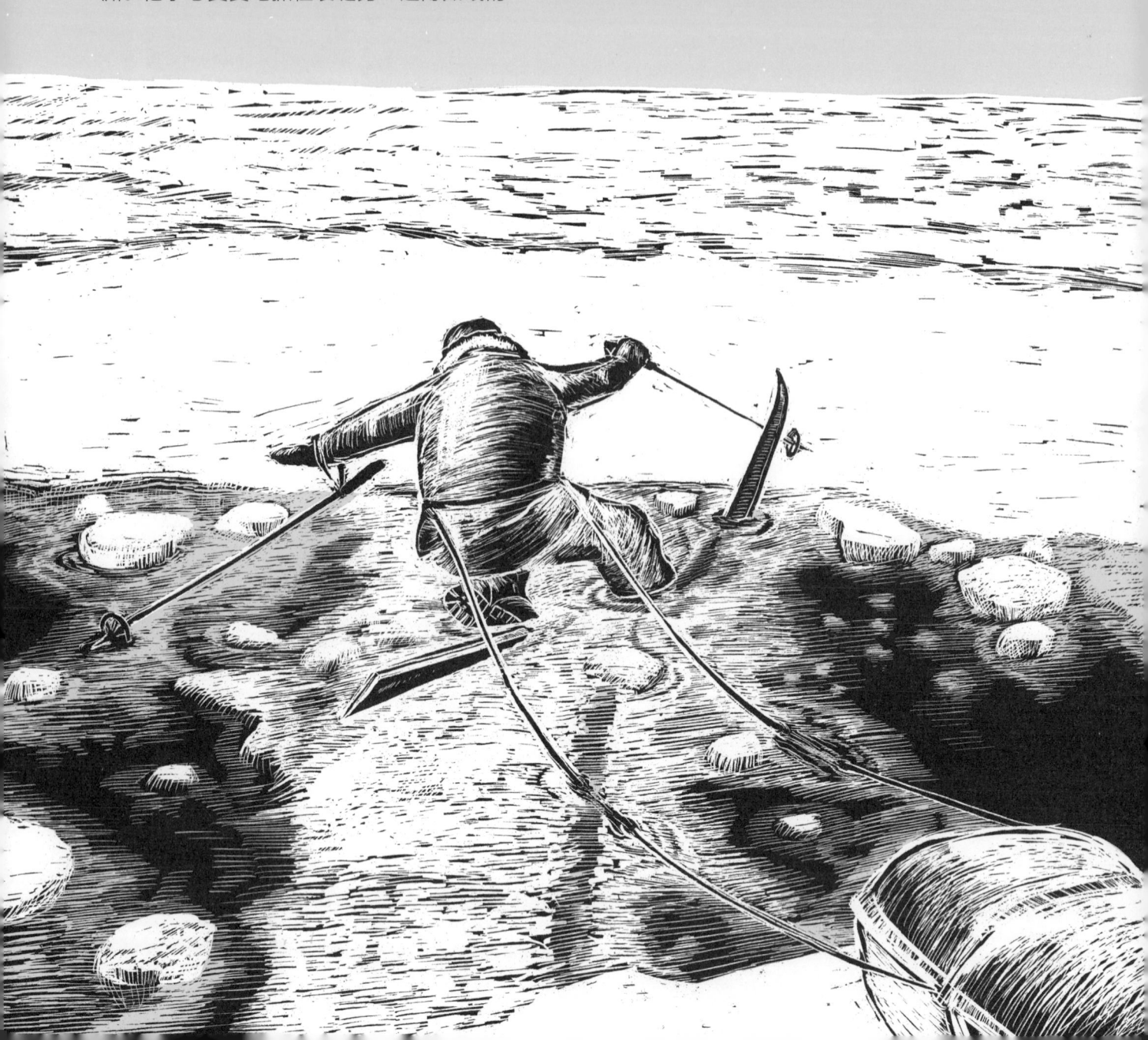

冰缝的纠缠没有尽头，探险家们缓慢地、一个接一个地攻克了它们。迷宫没有消失，冰缝逐渐取代了冰丘、冰山的位置。马雷克在日记里这样写道：

极地最后打败了我……一切都那么可怕和不愉快。当我望着这片风景，我感到非常疲倦，并且脑海中只有一个想法：今天就到达目的地。

极点

1995 年 5 月 23 日星期二，接近凌晨 2 点，马雷克和沃伊切赫接近了他们的目的地。指南针和 GPS 都失灵了，一会儿显示这儿是极地，一会儿又指向其他地方。探险家不得不集中精力，慢慢地梳理地形。终于到了——极点，地球轴线经过的地方。

马雷克和沃伊切赫给了彼此一个拥抱。经过 72 天的跋涉、希望、痛苦、疲劳和危险，马雷克·卡明斯基和沃伊切赫·莫斯卡尔终于成为了首批到达北极的波兰人。

在梦寐以求的北极点，接下来他们只能向南，两人给基地发出了信息："一切顺利。"他们的朋友看到他们发出的位置，知道他们已经到达了极点。接下来要做的就是找到一个适合飞机降落的地方——有足够长的"跑道"，没有冰缝、冰丘或是其他障碍物，最后他们终于找到了。在极点的星空下，沃伊切赫和马雷克度过了他们探险的最后一夜。第二天，一架红色的双水獭飞机将探险家们带到了一个安全的地方。现在应当为他们庆祝。

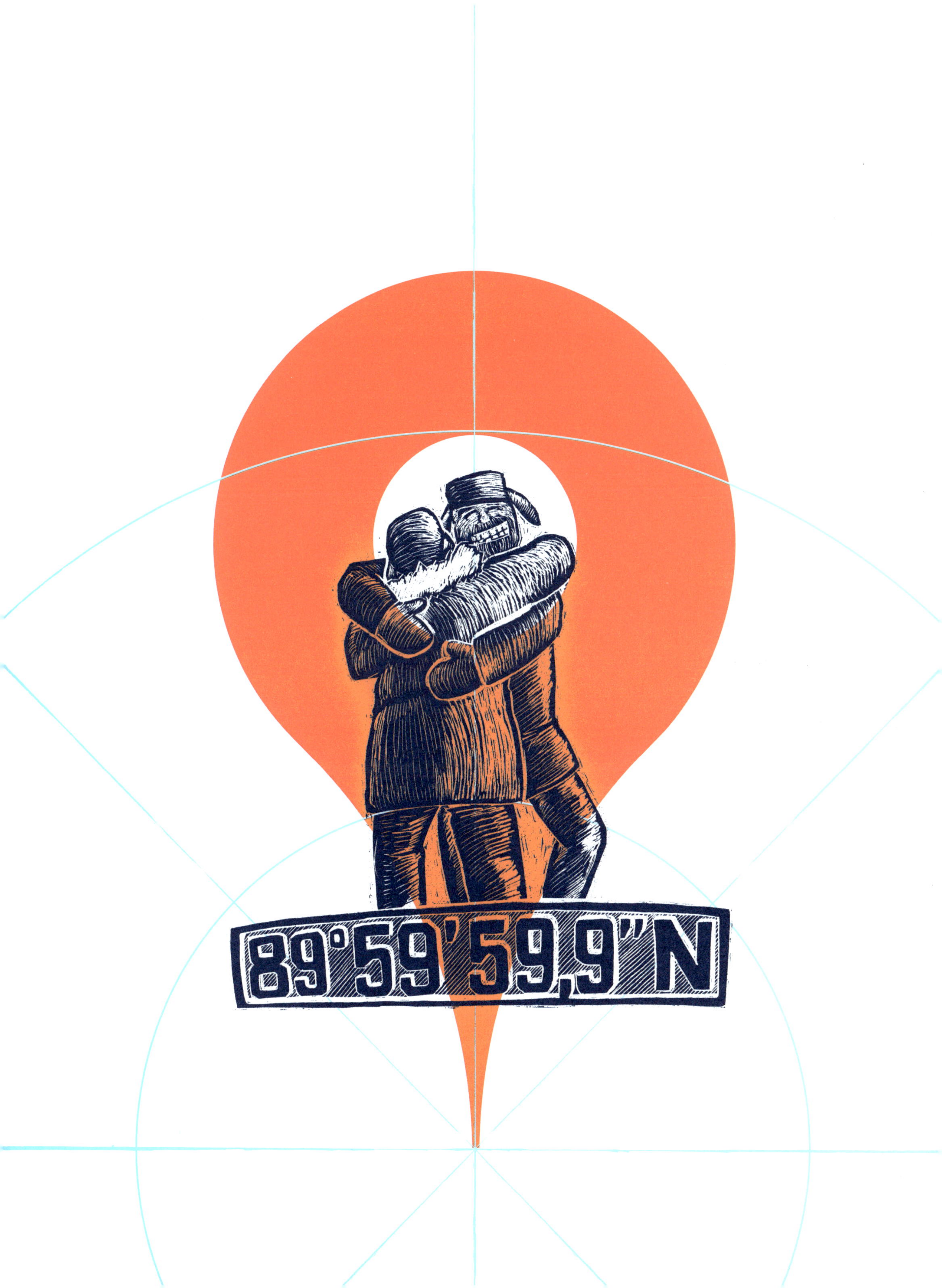
89°59'59,9"N

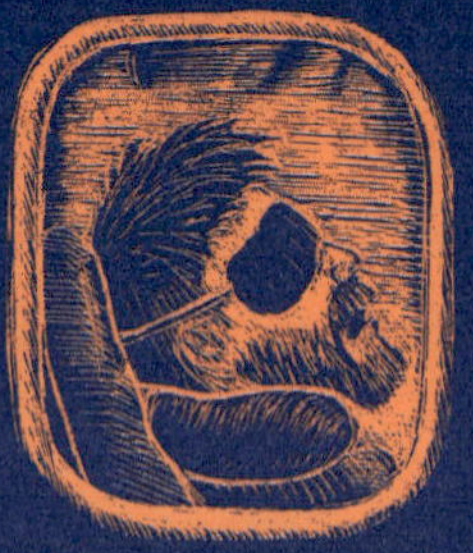

喧嚣

问候、祝贺、采访和会议持续了好多天。每个人都想知道极地探险家的探险故事。

在无尽的旷野、白色、破冰的隆隆声后,只剩下了回忆。现在二人周围都是人群、喧闹的谈话声和香槟酒瓶的爆裂声。他们很高兴能够回家,但是极地的魅力不允许他们迷失自己。

马雷克仍不满足,现在还不够。你可能知道这种感觉,当你做某件事情时,你不能停止。你想再试一次,想再次证明自己。马雷克也是如此。他能感受到到达北极的喜悦,但是他想要更多。也许他也能到南极?甚至可能在同一年进行?有什么东西在促使他继续前进,地球的另一极吸引着他。

II

南极

南极位于地球上最冷和最难以到达的大陆——南极洲。去北极，你需要穿过海洋，南极则是在陆地上。然而就像在北极一样，徒步去南极也并非在平地上探险——冰缝、鸿沟、障碍物和高山都使得在严寒和大风中的长途跋涉更加困难。

但是在南极，真正的奢侈在等待着探险家。阿蒙森·科斯特科学考察站距离南极点只有 100 米。它将以温暖、热水和绝妙的陪伴欢迎你。数十名科学家和极地探险家会像拥抱来自另一个世界的朋友那样拥抱你。

65

准备去南极

回到波兰以后，马雷克很快就开始准备独自去南极探险了。

这一次他只能依靠自己。他必须走完超过1400千米的路程。他追溯了许多前辈的南极探险经历，分析了欧内斯特·沙克尔顿和罗尔德·阿蒙森的回忆录，阅读了罗伯特·斯科特不成功的探险经历，并且还参考了仍然在世的极地探险家的经验和描述。

他收集信息，研究地图。马雷克已经拥有了探险所需的大部分设备，还知道怎么扎营、准备食物和包扎伤口。他知道怎么读懂雪景，怎么穿越冰雪世界，怎么在寒冷中生存。他是一位经验丰富的极地探险家，并且在成功的北极探险后，很多公司都愿意支持他进行新的探险活动。

冰架

岛

山脉

冰架

出发去探险

马雷克在到达北极后，不到半年就又开始了对南半球的探险。新的探险路线穿过伯克纳岛，菲尔希纳·龙尼冰架，通往杜费克山脉。

1995年11月4日，探险家马雷克从世界上最大、位于最南端的岛屿之一——伯克纳岛出发。

蒙眼游戏

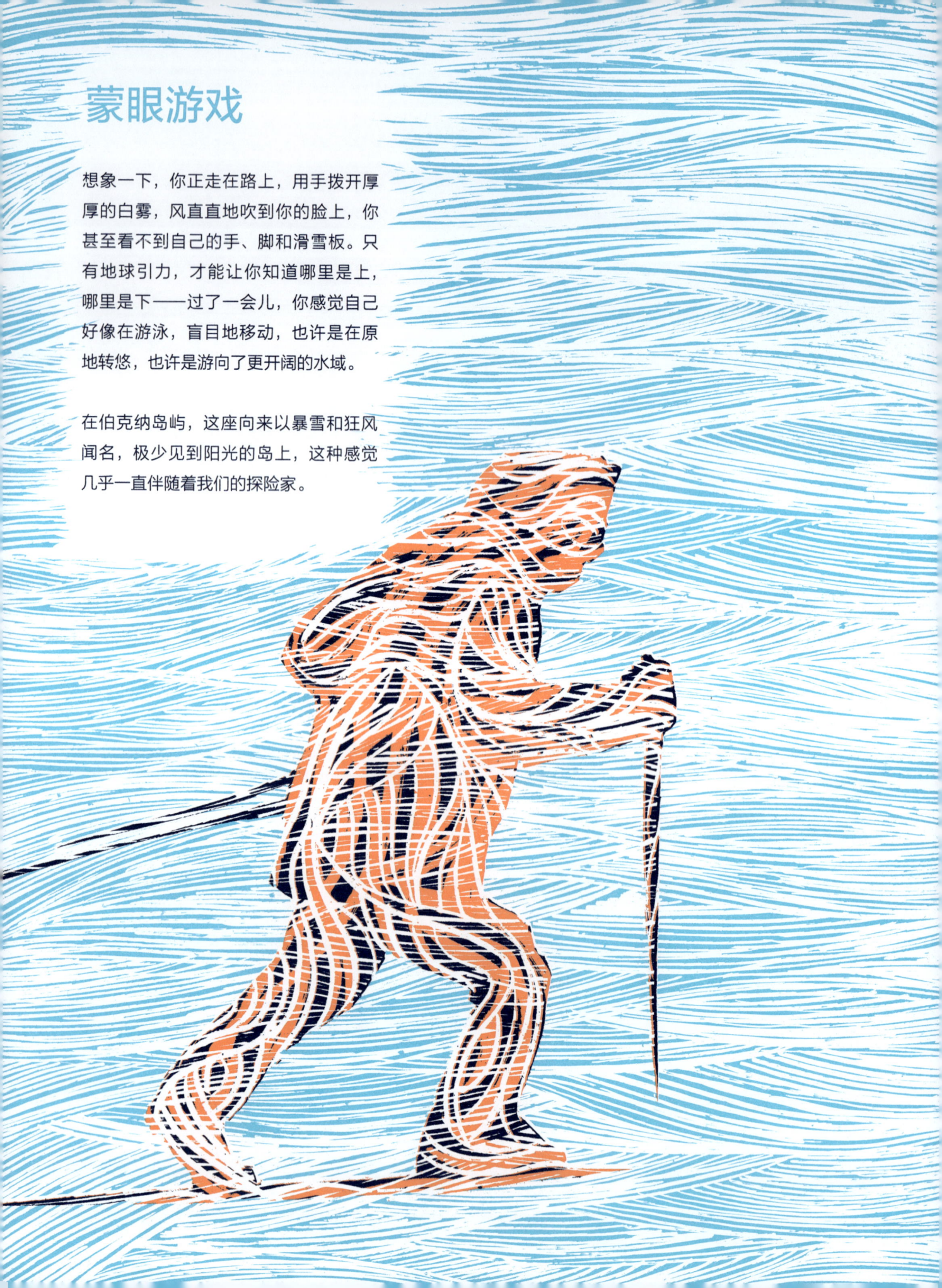

想象一下，你正走在路上，用手拨开厚厚的白雾，风直直地吹到你的脸上，你甚至看不到自己的手、脚和滑雪板。只有地球引力，才能让你知道哪里是上，哪里是下——过了一会儿，你感觉自己好像在游泳，盲目地移动，也许是在原地转悠，也许是游向了更开阔的水域。

在伯克纳岛屿，这座向来以暴雪和狂风闻名，极少见到阳光的岛上，这种感觉几乎一直伴随着我们的探险家。

冰架

当情况糟糕时，你需要学会抽离，从远处审视自己，不要沉浸在负面思绪中。你需要咬紧牙关，相信厄运终会过去，一步一步继续前行。在心里数数是很好的方法，这可以使你的思想从疲劳、痛苦和寒冷中解放。

数数让探险有了节奏，使人不再深陷对前方的困难和危险的不断思考。这有点儿像睡前数羊，当一个人无法入睡时，专注于数字可以让人平静下来。

或者说，你也可以专注于肢体的运动，应该如何最好地抬腿，手臂应该挥到多远的地方，不必要的运动会浪费能量。

噢！快停下，有裂缝！

这时，思绪必须归位，需要专注。

冰架——一大块冰层，部分浸入水中，部分在水面上延伸并与大陆交叠——这可不是闹着玩儿的。在它与覆盖大陆的冰层相遇的地方，会形成深深的裂缝。探险家必须万分小心——现在只有他一个人，如果掉入冰缝，没人会来救他。

杜费克山脉

杜费克山脉在地平线上若隐若现，在 150 千米外就可以看见。很远，就像白底上的一排小黑点。

如何带着重达百斤的雪橇爬上 1200 米？爬上这样的山，即使穿着轻便的运动服也很可能摔下去，何况还穿着厚厚的衣服，层层叠叠，这么重，这么冷呢？

极地探险家必须做出艰难的决定。他要不要一次性拿走所有的装备？这可能会失败……即使非常缓慢地行进，也很难一次性携带一百多斤的东西爬山。在这种情况下，必须舍弃一些装备，只是现在应该带什么呢？

有些东西他需要分两次携带，因为如果天气突然变化，或者说他没有足够的力气在同一天进行第二次攀登，离开这些东西他将无法应对。

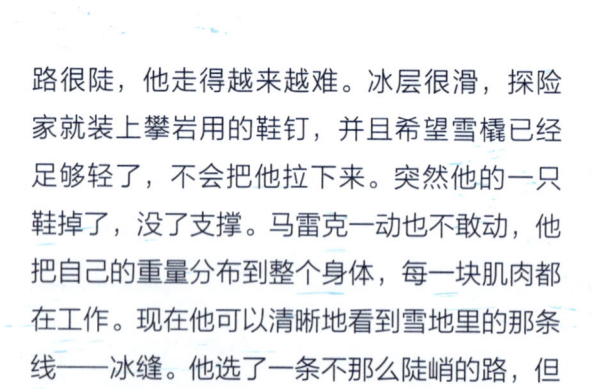

当然他离不开他的指南针、睡袋、阿尔戈斯通信系统、铁锹和救生袋。他把一些装备留在山坡的帐篷里，又在帐篷周围放上冰块，防止被风吹走。然后他把剩下的装备和滑雪板固定到雪橇上，开始爬山。

路很陡，他走得越来越难。冰层很滑，探险家就装上攀岩用的鞋钉，并且希望雪橇已经足够轻了，不会把他拉下来。突然他的一只鞋掉了，没了支撑。马雷克一动也不敢动，他把自己的重量分布到整个身体，每一块肌肉都在工作。现在他可以清晰地看到雪地里的那条线——冰缝。他选了一条不那么陡峭的路，但是这条路上的冰层破裂了。马雷克小心翼翼地朝岩石移动，那里的地面很坚硬。终于，他登到了高处。马雷克卸下装备，用滑雪杆在露营点做上标记，然后再慢慢地走下去拿剩下的装备。

第二次上山就比较容易了，因为已经熟悉了道路。探险家再一次攀上山峰并且搭好帐篷，克服了困难令他心情十分愉悦。

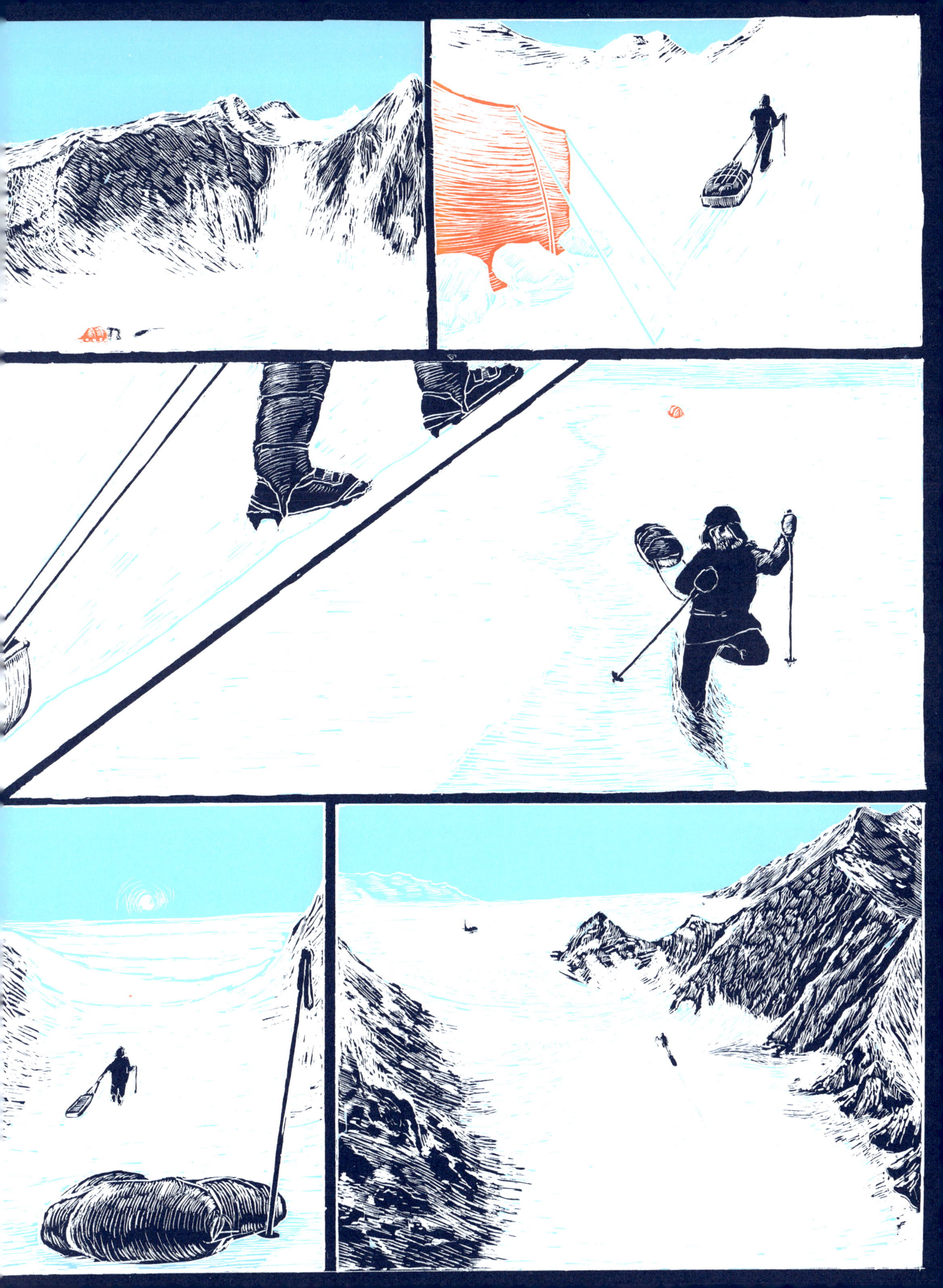

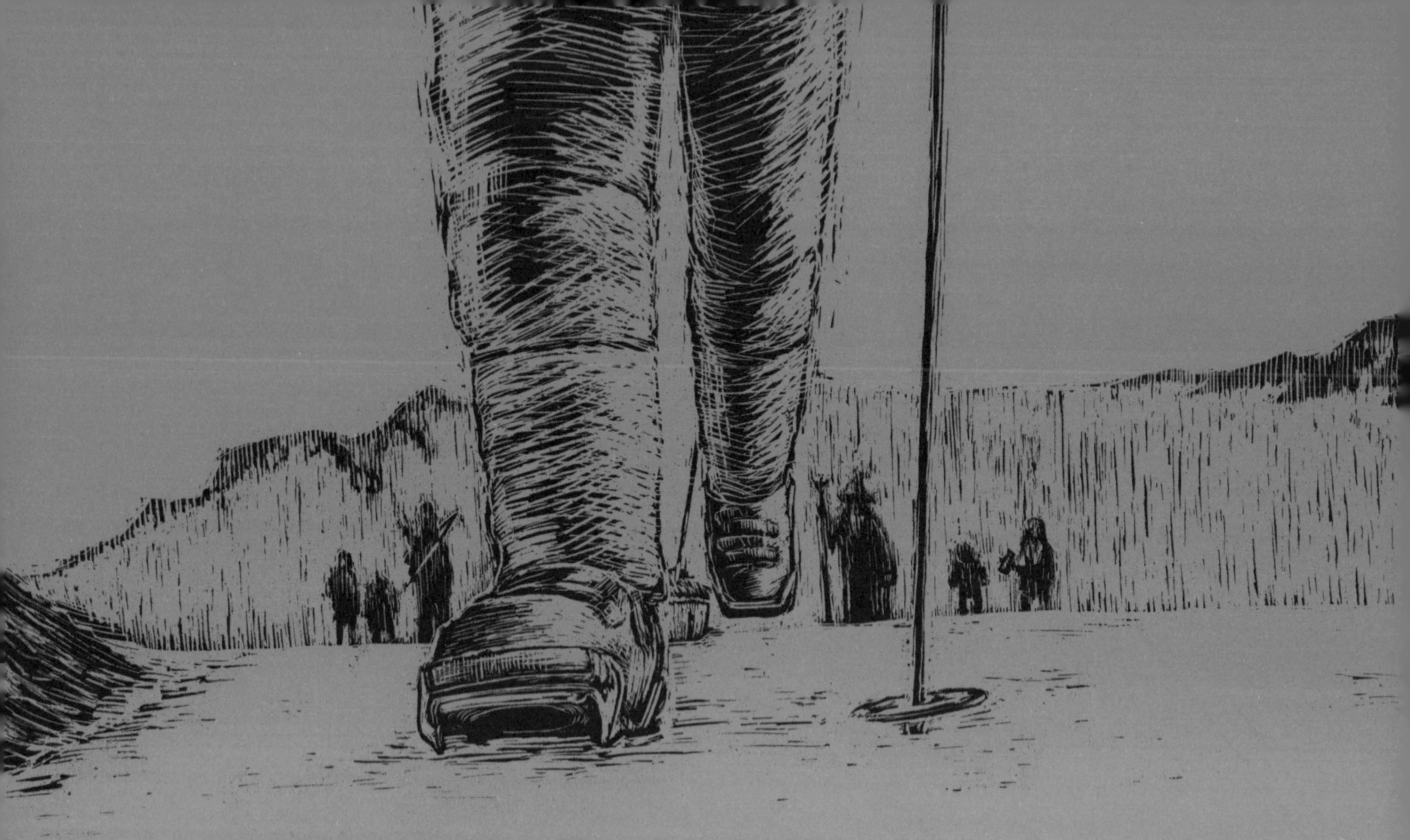

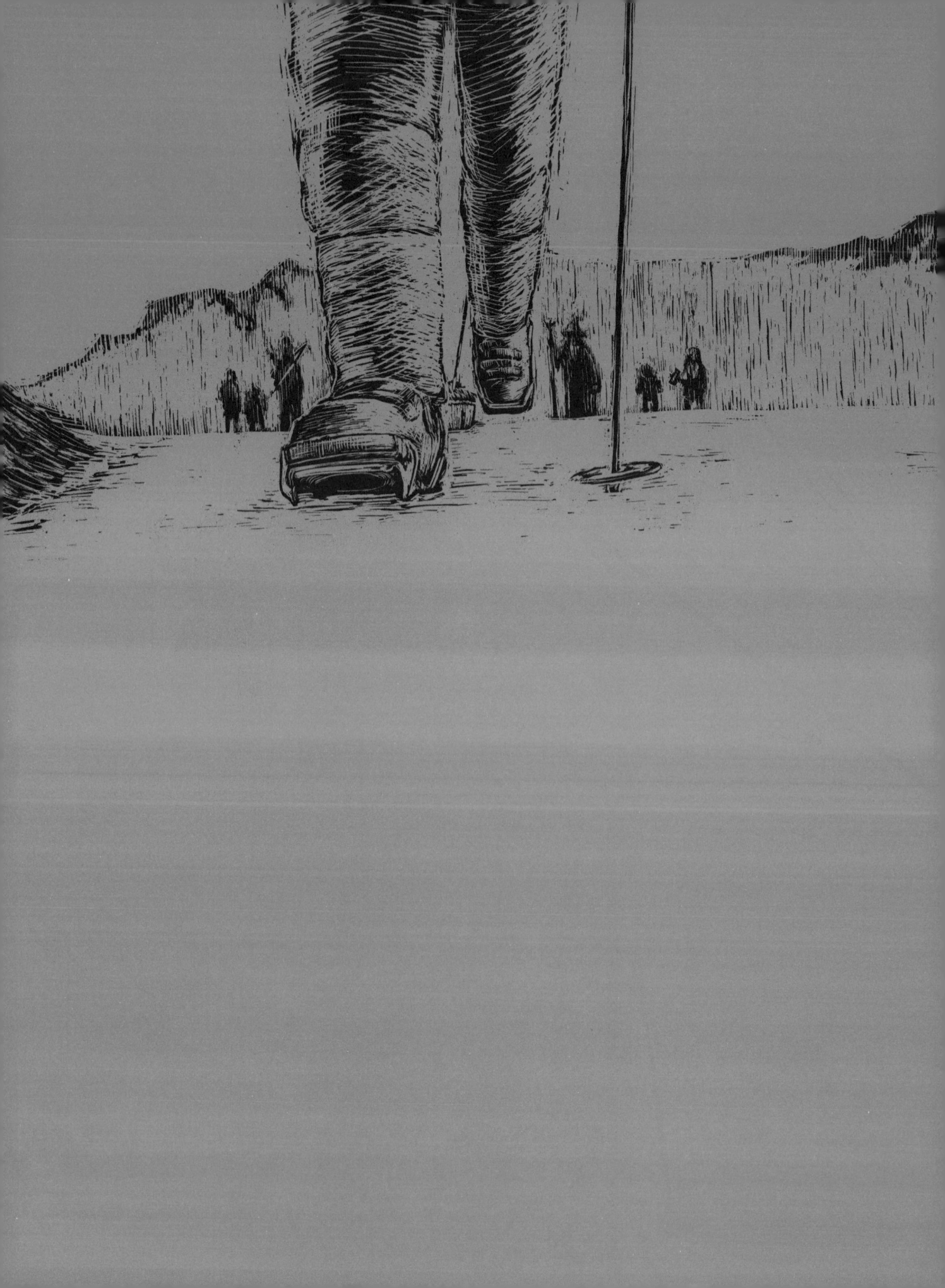

孤单但不寂寞

行走时，一个人会与自己的思想独处。有时它们懒洋洋地、轻飘飘地浮着，就好像蒲公英的绒球。然而有时，它们也会压得人喘不过气，仿佛有人把沉重的哑铃压在我们的头上。我们无法集中精力做任何事。

有时马雷克走着走着，就不去想眼前的路了。这时他的好朋友会出现陪伴着他，晚上他经常在帐篷里阅读托尔金的《霍比特人》，在这本书的影响下，佛罗多·巴金斯、甘道夫、咕噜会与他一起在南极漫游。白茫茫的大地上有许多奇怪的生物、地精和凶猛的半兽人。无垠的旷野上充满了茂密的树木、神秘的森林、绿叶、草地和岩石山。当想象尽情驰骋时，旅途是最为愉快的，也是最忘我的。马雷克沉浸在自己的思绪中，疲劳、疼痛和严寒也不再那么困扰他了。

降雪和雪面波纹

南极洲为旅行家准备了很多惊喜，其中之一是经常的降雪。一般来说，下雪是非常有趣的。但是马雷克·卡明斯基却没有同伴可以一起玩雪，而且带着沉重的行李在成堆的深雪中跋涉也是一个非常大的挑战。更重要的是，雪下这么大，他什么也看不见。

穿过广袤高原的道路十分陡峭和曲折。极地探险家每隔一段时间就会遇到被风吹成的或高或低的雪面波纹。有的波纹高半米，有的高一米或两米，它们更像山丘，而不是雪堆，马雷克称它们为"老爷爷"。"老爷爷"很折磨人，崎岖不平的路也让人的脚越来越疼。景色很美，但是走起来并不容易。但从另一个方面来说——这也不枯燥，一直都有新情况发生，就好像有人刻意在平原上洒下这些圆形的雪块。无论如何，这是一场有趣的游戏——行走，并且想象这些波纹像什么形状，这边的可能是贝壳、小刀、锅……那边的可能是一辆被雪覆盖的汽车。

光晕

你有没有看见过太阳周围美丽的发光圆圈？

这是一种叫作光晕的光学现象。它在任何纬度都会令人印象深刻，但是在靠近极点的白雪皑皑的"沙漠"中尤为神奇。某一天马雷克在休息吃糖的时候观察到了这种现象。光环看起来就像插画一样，这是值得冒着危险去探险的时刻之一。

太阳啊太阳

世界上哪里的阳光最充足？当然是在极地！而且，只是在没有云的时候，并且每年只有6个月的时间。

你很容易就能够知道，你住的地方离赤道越远，那么在冬季白昼就越短，在夏季白昼则越长。在极圈以内这种现象甚至更加极端。在夏天，太阳永远不会落下；在冬天，太阳永远不会升起——它只是在地平线上升高或降低，这取决于现在是仲夏还是正值季节变换。当冬季来临，太阳开始变得黯淡，慢慢地躲了起来，但是在许多天里，仍然可以看到太阳的光芒。这样的暮光持续了数周，直到持续24小时的极夜在北极的12月22日和南极的6月22日降临。在这个时候，只有在极圈以外的2000多千米的地方才能看到太阳。

极地考察必须考虑到这一点。没有太阳的日子会非常寒冷，可能没人愿意在黑暗中穿越海洋或是冰原。这就是为什么探索北极的最佳时间是3月至5月（北半球的春天），这时天已经亮了，但是冰层尚未融化。探险家和科考队一般在10月至12月（南半球的春天）去往南极，南极这个时候会生机勃勃。

需要是发明之母

稳定的光源有助于前进，但是这在晚上很麻烦。睡觉的地方被太阳持续照耀和烘烤，使人难以入睡。马雷克在他的帐篷里挂了一根绳子，上面挂着他的羽绒服、连帽衫、长裤和手套。这样的简易遮光装置很实用——它使困倦的探险家在阳光下得以休息。

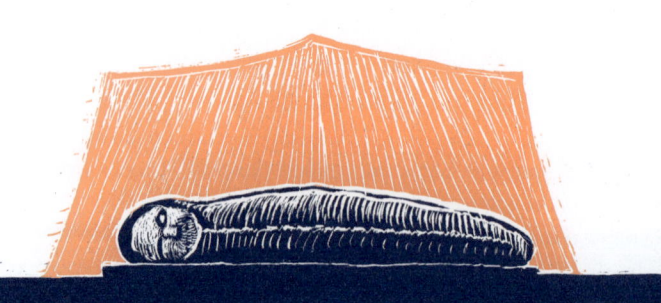

3月21日

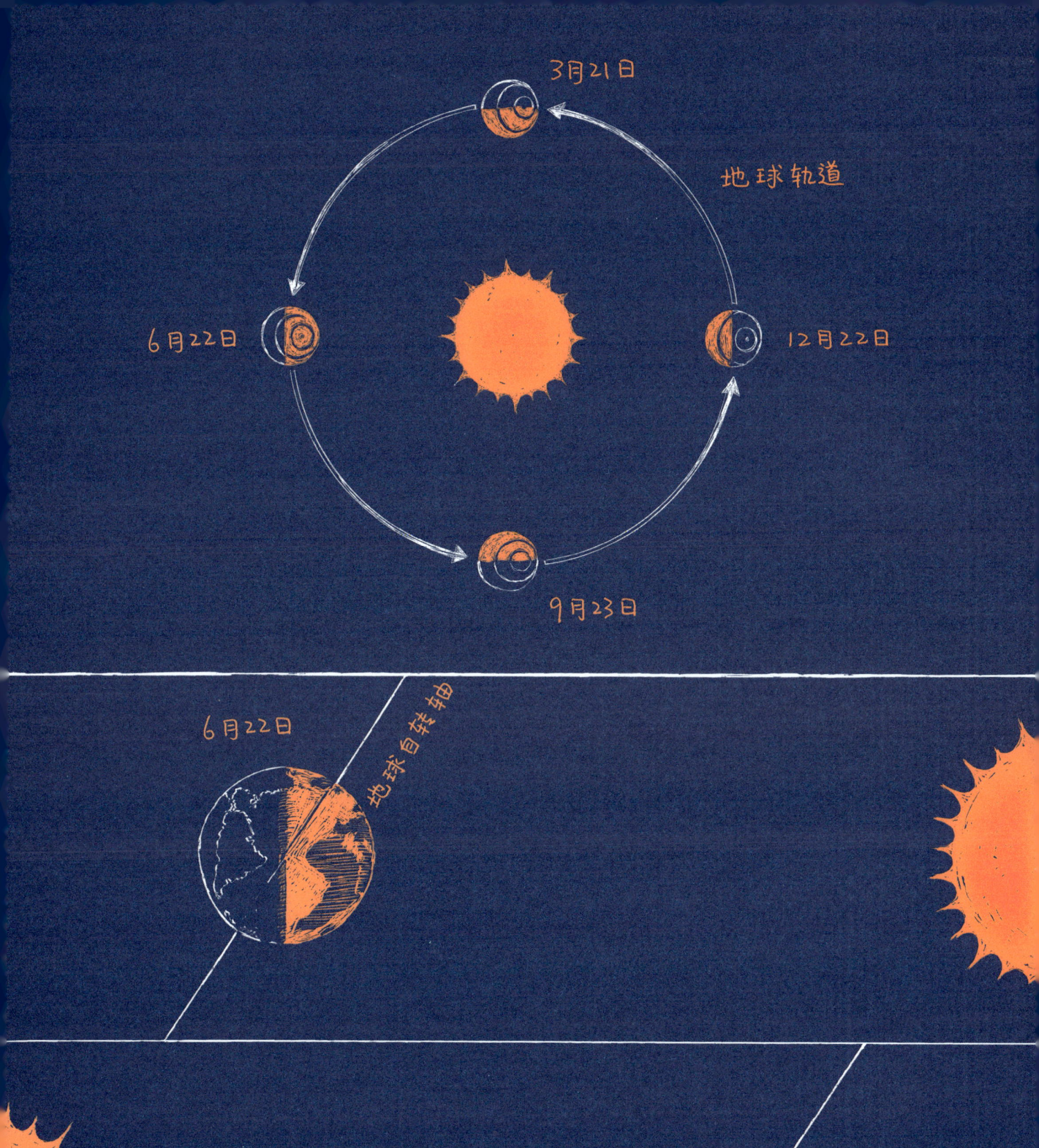

地球轨道

6月22日

12月22日

9月23日

6月22日

地球自转轴

12月22日

宁静的节日

节日时人们会有很多思绪，亲朋好友间总是会发生许多故事。

- 谁在包饺子？
- 今年的圣诞树是要真的，还是人造的，还是盆栽的？
- 圣诞老人什么时候来呢？我给他写封信或者画幅画，也许他就能忘记我和妹妹的争吵。
- 圣诞集市。要为圣诞集市准备什么？

到处是车辆，到处是音乐，那里是耶稣诞生场景，这里是一场色彩、箔片、纸张、礼盒的盛宴，到处都在打折，人们购物的热情高涨。喧闹，噪声，颂歌。一片混乱。

一整天，马雷克的脑海里都徘徊着波兰现在怎么样了的念头，都充斥着人们分享圣诞节饼干，相互祝福、觥筹交错的画面。在孤独的极地探险中，马雷克格外地想念圣诞节。在南极，没有节日的疯狂和喧嚣，只有沉默和无垠的旷野。但这有利于心灵的旅行，有利于马雷克寻找关于自己是谁，为什么要去极地等问题的答案。有趣的是，他在探险时才有时间回忆聚会和朋友——他们在南极比在家里热闹的圣诞节假期时更有存在感。

马雷克打开阿尔戈斯系统，每两个小时发送一次信号。他以这种方式告诉朋友和家人，他与他们同在，对于他来说这也是特别的一天。

在南极举办圣诞宴会必须得朴素一些。马雷克准备了常规的东西：干肉饼、大豆油。为了庆祝节日，他额外加了一份面条、一颗糖果和一块巧克力。

唱了会儿颂歌后，他愉快地睡着了。这是一个美丽而宁静的圣诞节。

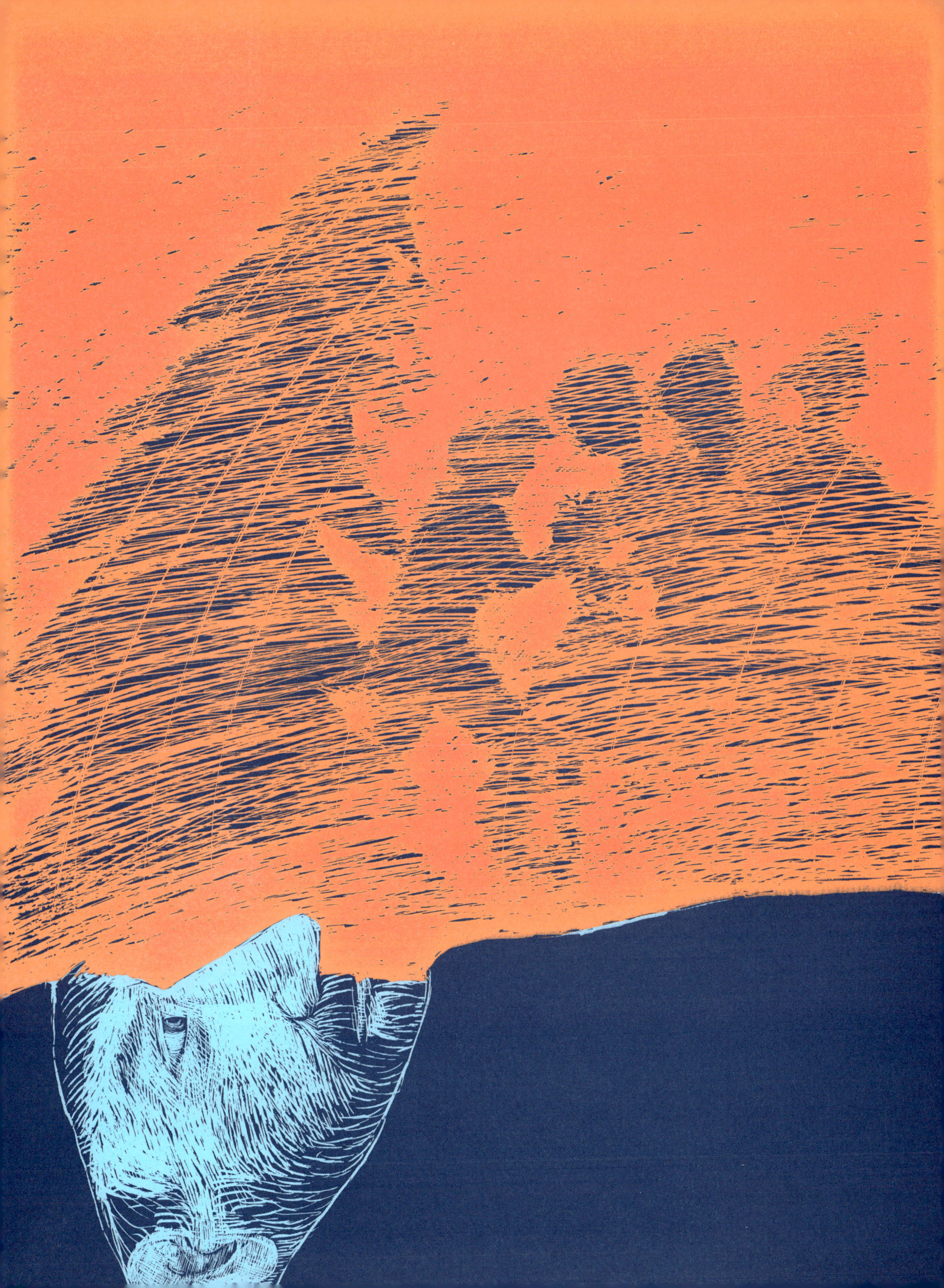

最后一段路

南极与北极完全不同。没有必要拿着罗盘跑来跑去，在岌岌可危的冰面上寻找地球自转轴穿过表面的那一点。自 1956 年以来，美国的阿蒙森·科斯特科学考察站就一直在南极运转，并且仍然在扩建中。该站可容纳 250 人，那里的科学家们从事天文、天体物理学、地震学、气象学和冰川学等研究。

尽管这里并不宜居，从 8 月中旬开始，当极地的夜晚变成无尽的 6 个月的白天时，许多人开始涌向这个考察站。从 10 月开始，每天会有好几架飞机抵达这里，带来人员和物资。

已经快到了。马雷克仍需要克服大雪天气和最后一段路。38 千米，35 千米，17 千米……一切都被冻土覆盖，没有办法，必须继续前进。马雷克腿上有一个洞，这是伤口。现在可以说是他的思想在前，向极点走去，而身体在后尾随。

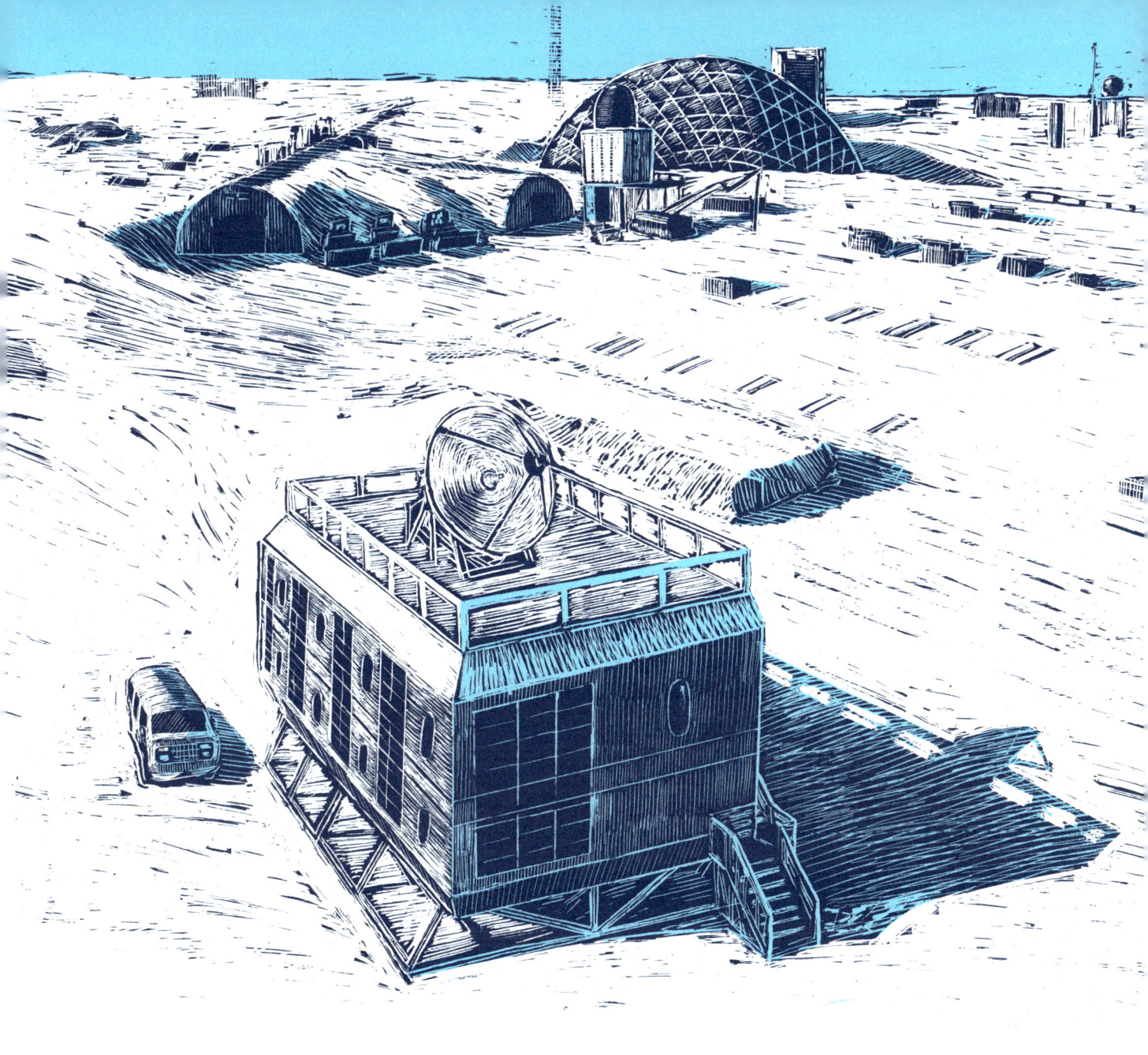

极点

马雷克越接近极点，就越发觉得悲喜交加。目标近在咫尺，但同时也因为一些事情已到尾声而有些不舍——这条路十分残酷严苛，但是也非常引人入胜，它的美丽令人陶醉。在这 53 天里，我们的探险家经过了一些可能他此生不会再见到的地方，以后他只能在回忆里再回到这些地方。这么多天来，他梦想的目的地是什么呢？只是一个点，地球上最南端的点。

未来

在南半球地球自转轴经过的地方，有一个巨大的玻璃球。抵达的人可以在其中看到自己，就像照镜子一样。这对马雷克·卡明斯基来说是一个非常奇妙的时刻。经过这么多天的独自探险后，注视着玻璃球里的自己，看着那个不修边幅、面带微笑的极地探险家，他感觉到无限的喜悦、欣慰，但是也有一个想法在脑海中徘徊——然后去哪里？

尾声

马雷克·卡明斯基成为了历史上第一个在一年内到达地球两个极点的人。这一壮举使得后来的探险活动组织变得更加容易。但是要去哪里?为了什么?他总是这样问自己,并不断寻找鼓舞人心的挑战,为自己设立新的目标。

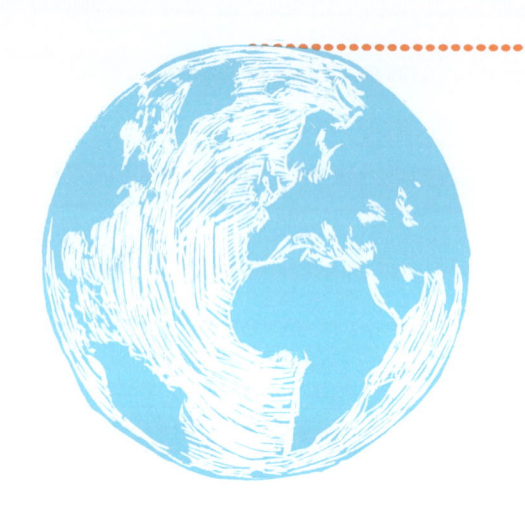

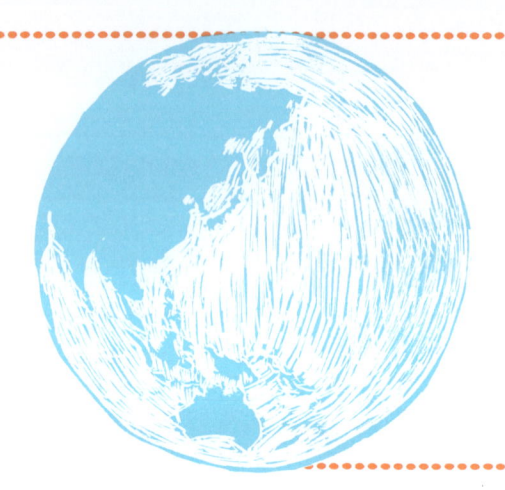

马雷克·卡明斯基的主要探险活动

1972 年　8 岁乘火车从格但斯克到罗兹
1979 年　15 岁乘货船从格但斯克到摩洛哥
1987 年　到达墨西哥,并且面对面地见到了两只美洲虎
1990 年　远征斯匹次卑尔根岛
1993 年　与沃伊切赫·莫斯卡尔一起完成从波兰首次横跨格陵兰岛的冒险(35 天完成 600 千米)
1995 年　与沃伊切赫·莫斯卡尔一起抵达北极(72 天完成 770 千米)
1995 年　独自到达南极(53 天完成 1400 千米)
1996 年　尝试独自穿越南极洲
1998 年　攀登非洲的乞力马扎罗山和澳大利亚的科斯库斯科山
1999 年　首次穿越澳大利亚吉布森沙漠(46 天完成 800 千米)
2000 年　探索亚马孙之源
2003 年　"圣土"之行
2004 年　一起去极地——与残疾少年亚谢克·梅拉一起在一年内到达两极
2005 年　宝贝上船——带女儿宝拉穿越波兰
2015 年　第三极——从加里宁格勒到圣地亚哥·德孔波斯特拉的朝圣之旅(144 天完成 4000 千米)
2018 年　无痕探险——乘坐电动车从波兰到日本再原路返回(穿越了西伯利亚冰原和戈壁沙漠,还经过了中国,共 30000 千米)
2020 年　人类变革的力量——疫情期间环游世界的虚拟探险

在征服地球两极以后，马雷克于1996年创建了马雷克·卡明斯基基金会。该基金会帮助儿童和青少年克服困难和实现梦想，并且鼓励他们了解自己、发现自己的愿望，从而坚持自己的道路。他将自己的项目称为"极点计划"。

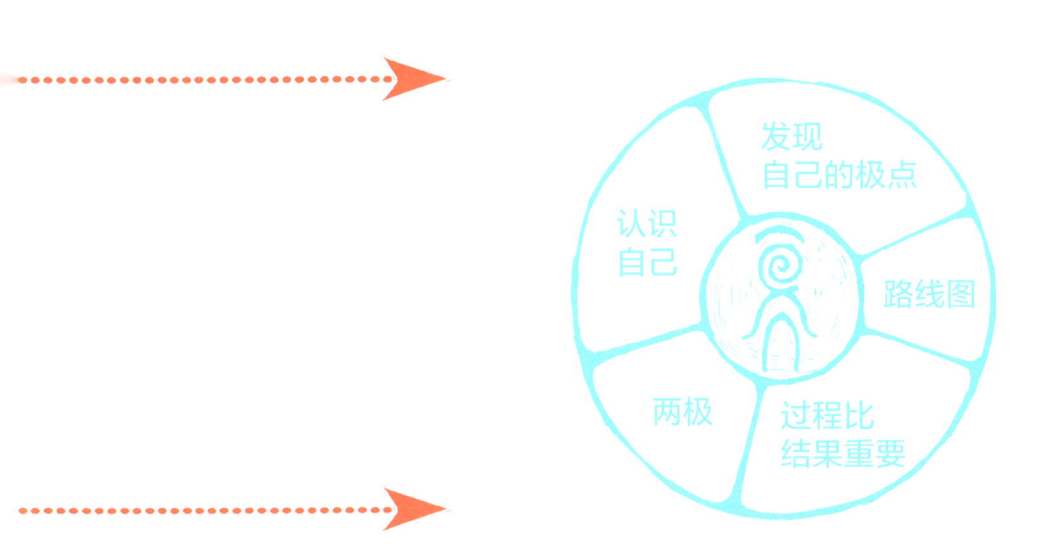

发现自己的极点

认识自己

路线图

两极

过程比结果重要

关于马雷克·卡明斯基探险的书籍
马雷克·卡明斯基《我的极点》（1990年至1998年考察日记）。
斯瓦沃米尔·斯威尔佩尔，马雷克·卡明斯基，沃伊切赫·莫斯卡尔《不只是极地》
马雷克·卡明斯基《马雷克——一个有梦想的男孩》
马雷克·卡明斯基《第三极》

特别鸣谢：刘特

Original title: Marek Kamiński. Jak zdobyć bieguny Ziemi... w rok
© Text: Agata Loth-Ignaciuk
© Ilustration: Bartłomiej Ignaciuk
© Wydawnictwo Druganoga 2020
The Simplified Chinese edition published by China Textile & Apparel Press
All rights reserved.
The simplified Chinese translation rights arranged through Rightol Media（本书中文简体版权经由锐拓传媒旗下小锐取得 Email:copyright@rightol.com）

本书中文简体版权经 Druganoga 授权，由中国纺织出版社有限公司独家出版发行。本书内容未经出版者书面许可，不得以任何方式或任何手段复制、转载或刊登。

著作权合同登记号：图字：01-2021-5114

图书在版编目（CIP）数据

无所畏惧：如何在一年内到达地球两极 /（波）阿加塔·洛特·伊格纳克著；（波）巴塞洛缪·伊格纳克绘；熊晨曦译. -- 北京：中国纺织出版社有限公司，2022.1
　　ISBN 978-7-5180-8816-4

Ⅰ. ①无… Ⅱ. ①阿… ②巴… ③熊… Ⅲ. ①儿童故事—图画故事—波兰—现代 Ⅳ. ①I513.85

中国版本图书馆CIP数据核字（2021）第174041号

责任编辑：刘桐妍　　责任校对：高　涵　　责任印制：储志伟

中国纺织出版社有限公司出版发行
地址：北京市朝阳区百子湾东里 A407 号楼　邮政编码：100124
销售电话：010—67004422　传真：010—87155801
http://www.c-textilep.com
中国纺织出版社天猫旗舰店
官方微博 http://weibo.com/2119887771
北京华联印刷有限公司印刷　各地新华书店经销
2022年1月第1版第1次印刷
开本：889×1194　1/16　印张：5.5
字数：78千字　定价：128.00元

凡购本书，如有缺页、倒页、脱页，由本社图书营销中心调换